SV

Cees Nooteboom
Nachts kommen die Füchse

Erzählungen

Aus dem Niederländischen von
Helga van Beuningen

Suhrkamp

Die niederländische Ausgabe erschien 2009 unter dem Titel
's Nachts komen de vossen bei De Bezige Bij, Amsterdam.

Erste Auflage 2009
© Cees Nooteboom 2009
© der deutschsprachigen Ausgabe
Suhrkamp Verlag Frankfurt am Main 2009
Alle Rechte vorbehalten, insbesondere das
des öffentlichen Vortrags sowie der Übertragung
durch Rundfunk und Fernsehen, auch einzelner Teile.
Kein Teil des Werks darf in irgendeiner Form
(durch Fotografie, Mikrofilm oder andere Verfahren)
ohne schriftliche Genehmigung des Verlages
reproduziert oder unter Verwendung elektronischer Systeme
verarbeitet, vervielfältigt oder verbreitet werden.
Satz und Druck: Pustet, Regensburg
Printed in Germany
ISBN 978-3-518-42066-9

1 2 3 4 5 6 – 14 13 12 11 10 09

Nachts kommen die Füchse

»You might have got yourself a story«, I said.
»Sure. But up here we're just people.«

Raymond Chandler, *The Lady in the Lake*

Gondeln

Gondeln sind atavistisch, er wußte nicht mehr, wo er das gelesen hatte, und wollte jetzt auch nicht darüber nachdenken, weil dann, so meinte er, etwas vom Pathos des Augenblicks verfliegen würde. Tiefstehende Sonne, die schwarze vogelartige Form einer Gondel im Nebel über der Lagune, die schweren Duckdalben wie eine vorrückende einsame Phalanx von Soldaten, die am unsichtbaren anderen Ufer verschwand zu einer Mission von Tod und Verderben, und er selbst hier an der Riva degli Schiavoni mit einem vergilbten, eingerissenen Foto in der Hand, wenn das kein Pathos war? Hier ungefähr hatte die Gondel angelegt, hier, an dieser Treppe oder der nächsten, noch dichter am halb im Wasser ruhenden Denkmal der standrechtlich erschossenen Partisanin, waren sie ausgestiegen. Es war ähnliches Wetter gewesen, das konnte man auf dem Foto noch erkennen. Sie hatten sich auf die Treppe gesetzt, und fast im gleichen Augenblick war ein junger Offizier gekommen, der ihnen sagte, diese Treppe habe frei zu bleiben für die Wasserschutzpolizei, und dabei auf ein Schild deutete. Dieses Schild mußte er jetzt also suchen, das konnte nicht schwer sein. Und wenn ich es finde, was dann? Dann stehe ich genau an derselben

Stelle wie vor vierzig Jahren, und dann? Er zuckte mit den Achseln, als hätte jemand anders diese Frage gestellt. Dann also nichts, und genau darum, dachte er, ging es. Den Auftrag, etwas über die Ausstellung im Palazzo Grassi zu schreiben, hatte er angenommen, um diese eigenartige Pilgerfahrt anzutreten. Zu einem Schemen, nein, nicht einmal das, zu einer Abwesenheit. Die Treppe hatte er schnell gefunden, in ewigen Städten neigen die Dinge dazu, sich nicht zu verändern, nach wie vor legte die Wasserschutzpolizei hier an. Das Schild war noch da, an der Seitenmauer aus Backstein befestigt. Neu gepinselt, das denn doch. Er setzte sich auf die oberste Stufe. Der junge Offizier von damals mußte längst pensioniert sein, und auch wenn er in diesen vierzig Jahren nicht gealtert wäre, würde er den älteren Mann, der jetzt dort saß, nicht wiedererkennen. Das Foto war damals von einem Unbekannten gemacht worden, der sich ein Stück von ihnen entfernt, mit dem Rücken zur Lagune, an den Rand des Kais gestellt hatte. Ein Winkel von dreißig Grad, so daß der Dogenpalast in der Ferne noch drauf war. Er betrachtete das Foto und wunderte sich wie immer über das Trügerische daran. Nicht nur, daß ein Foto eine Tote abbilden konnte, es konnte einem auch eine ungültig gewordene Version der eigenen Person auftischen, einen nicht mehr erkennbaren Langhaarigen, der einst so perfekt ins damalige Bild gepaßt hatte, das diesem

Foto das schal gewordene Aroma einer endgültig vergangenen Zeit gab. Daß man noch immer denselben Körper hatte, war das eigentliche Wunder. Aber natürlich war es nicht derselbe Körper. Sein Besitzer hatte noch immer denselben Namen, das war alles.

Was dieses Foto im Grunde sagen wollte, dachte er, mehr als Feststellung denn als Ausdruck von Tragik oder Selbstmitleid, war, daß auch für ihn allmählich die Zeit kam, daß auch er verschwinden mußte. Er hatte links von ihr gesessen, damals. Sie hatte den Kopf lachend zu dem unbekannten Fotografen erhoben, schnell noch das rote Haar etwas nach hinten geschoben und den Körper etwas zurückgebeugt, halb an die Seitenmauer der Treppe gelehnt, so daß das Schild nur zur Hälfte sichtbar war. Er blickte auf das sich leicht bewegende gräuliche Wasser am Fuße der Treppe. Wie erstaunlich, daß alles unverändert blieb! Das Wasser, die Form der Gondeln, die Marmorstufe, auf der er saß. Nur wir stehlen uns davon, dachte er, lassen die Kulisse unseres Lebens zurück. Er fuhr mit der Hand über die körnige steinerne Fläche neben sich, als wolle er ihre Abwesenheit fühlen. Daß alles, was man dabei denken konnte, ein Klischee war, wußte er selbst, nur hatte niemand diese Rätsel je gelöst. Unter Wirklichkeit und Vollkommenheit verstehe ich dasselbe, von wem dieser Satz stammte, wußte er ebenfalls. Ob Hegel die Situation, in der er sich befand, gemeint hatte, durfte bezweifelt werden, aber es schien doch zu stimmen. Er verspürte ein merkwürdiges Entzücken, weil die Dinge so waren, wie sie waren, weil man sie mit keinem einzigen Gedanken lösen konnte. Der Tod war etwas Natürliches, ging jedoch mit fast unzulässigen Formen von Kummer einher, die so groß waren, daß man am liebsten in ihnen verschwinden würde, um sich der vollkommenen Wirklichkeit des Rätsels hinzugeben.

Der Anfang war ganz einfach gewesen. Eine griechische Insel, das Haus von Freunden von Freunden, von ihnen arrangiert, weil es ihm nach seiner Scheidung schlechtging. Nicht gewöhnt, allein zu sein, ein Hunger nach allem, was weiblich war. Ein steinerner Spazierweg entlang dem Meer, auf dem all diese weiblichen Gestalten gingen oder schlenderten, die er gern angesprochen hätte, was er sich aber nicht traute, um nicht als Schwachkopf lachend abgewimmelt zu werden. *Ankatzen* nannte sein Freund Wintrop das. Das Wort war hübsch, aber er hatte es nie gekonnt. Wie lautete diese Gedichtzeile von Lucebert? *Des Abends entlang weiblichen Schiffen ich schlendre.* Das stimmte schon mal. Den Spazierweg hin und dann wieder zurück und dann noch einmal von vorn. Schlendern, bummeln, schauen. Hydra, Fischerboote, weiß in der sich verdunkelnden Nacht, sanft schaukelnd, beschienen vom Neonlicht der hohen Laternen am Kai. Schwalben, Zypressen, oder dachte er sich das jetzt aus? Gab es damals schon Neonlicht? Aber warum sollte seine Erinnerung stimmen müssen? Mach gelbes Lampenlicht daraus, hör eine Eule, sieh die dunklen Formen von Pinien. Das Meer bleibt das Meer und schwappt sanft an die Kaimauer. Alles andere ist austauschbar, das Arsenal, mit dem du die Erinnerung ausstaffierst.

Wie ein Schiff hatte sie nicht ausgesehen, als sie vorbeikam. Oder vielleicht doch, wie ein ganz leichtes mit nur *einem* kleinen Segel, das übers Wasser zu schweben scheint. Lächerlich mußte das gewesen sein, wie er plötzlich von der Kaimauer aufgestanden war und diese Handbewegung gemacht hatte wie ein Polizist, der den Verkehr stoppen will. Und genau das hatte er auch gesagt, STOP! Sogar jetzt empfand er noch Verlegenheit, obwohl sie später in Kalifornien, als alles lange vorbei gewesen war, oft darüber gelacht hatten. Sie war so erstaunt gewesen, daß sie sofort stehenblieb. Merkwürdigerweise wußte er nicht mehr, ob sie gleich an jenem ersten Abend mitgegangen war. Sie hatten lange in einer Kneipe im Hafen miteinander geredet. Amerikanerin, mit einem italienischen Namen. Sechzehn, achtzehn, er hatte es wissen wollen, aber nicht zu fragen gewagt. Schon da hatte er die Zeichen gesehen, mit denen sie Hände und Arme geschmückt hatte, Tierkreiszeichen, nicht tätowiert, wie man es heutzutage oft sah, sondern mit schwarzer Tinte auf diese braune Haut gemalt.

Als er gefragt hatte, was das sei, hatte sie nur gesagt, oh, ich bin eine Hexe. Auch darüber hatten sie später gelacht, aber er besaß noch ihre Briefe aus jenen Tagen voller Geplapper über Zauberei und Verhexung, Schwärmerei, die, wie ihm schon bald klar wurde, nichts bedeutete, ihn aber doch erregt hatte. Es paßte zur Zeit, viel mehr aber noch zu diesem roten Haar, den schieferfarbenen Augen, der überraschend tiefen, ein wenig heiseren Stimme. In den Tagen danach hatte sie bei ihm in dem großen weißen Haus geschlafen. Bei ihm, aber nicht mit ihm. So lautete die Bedingung. Sie ließ sich mit abgewandtem Gesicht streicheln und sank dann auf beeindruckende Weise in Schlaf, mit der Abwesenheit eines Tiers, für das die Welt nicht mehr existiert. Er war sich ein wenig lächerlich und überflüssig vorgekommen, war aber gerührt gewesen über ihr Vertrauen. Lieber Gesellschaft als Liebe, etwas in der Art hatte er in sein Tagebuch geschrieben. Später hatte er dieses Tagebuch weggeworfen, was ihm jetzt leid tat – doch diesen Satz wußte er noch. Und ein paar Tage darauf war alles anders geworden. Vielleicht dachte er sich das jetzt aus, meinte sich jedoch zu erinnern, wie sie auf eines dieser merkwürdigen Zeichen deutete, die sie auch an anderen Stellen ihres Körpers trug, und etwas sagte wie: Der Augenblick ist jetzt gekommen. Etwas mit Planeten, alles, was er auch damals schon für Unsinn gehalten hatte. In der Liebe war sie gleichzeitig durchtrieben und kindlich gewesen, andere Wörter waren ihm dafür nicht eingefallen. Durchtrieben, das Wort hatte ihn nie befriedigt, es war das falsche, zielbewußt und berechnend vielleicht, aber auch das waren nicht die richtigen Wörter. Es hatte ihn erregt, weil sich durch das gewollt Kindliche etwas von einem verbotenen Spiel eingeschlichen hatte, als habe sie ihm im Grunde suggerieren wollen, er gehe mit einem Kind ins Bett, etwas, was er weder davor noch danach je so erlebt hatte.

Er ging zurück Richtung Stadt. Die Ausstellung von Piero della Francesca hatte ihn tief berührt. Weshalb er darin nun eine Parallele zu dieser Geschichte vor langer Zeit sehen mußte, wußte er auch nicht, vielleicht einfach, weil sowohl der Maler als auch die Erinnerung ihn jetzt beschäftigten, vielleicht auch, weil in diesen Gemälden etwas war, an das man nicht herankam, etwas, das mit diesen kurzen, gemeinsam verbrachten Wochen übereinstimmte. Man konnte nicht behaupten, daß sie geheimnisvoll war, diese Hexerei war purer Unsinn gewesen, doch die anwesende Abwesenheit von damals, neben ihm, ließ ihn jetzt an die hieratischen Gestalten in den Gemälden denken. Man stand davor, wollte mit aller Gewalt zu ihnen vordringen, aber es war eine Welt, zu der es keinen Zugang gab. Er hatte weder eine Ahnung, wie er seinen Essay schreiben, noch wie er mit seiner Erinnerung umgehen sollte.

Sie hatten einen Zug genommen, damals, quer durch Griechenland nach Jugoslawien. Nichts wußte er mehr davon, abgesehen von ärmlichen Hotelzimmern und einem Kranz roter Haare auf einem Kissen. Eine Nacht in Belgrad, eine Art Biergarten, in dem erregte Männer ihnen Slibowitz spendiert und die Gläser über die Schulter auf den Kies geworfen hatten, wo sie zersplitterten. So waren sie nach Venedig gekommen. In welchem Hotel sie abgestiegen waren, wußte er auch nicht mehr, aber immerhin noch, an welcher Stelle dieses Foto entstanden war. Er drehte sich um und ging wieder zurück. Eigentlich war es undenkbar, daß Menschen einfach aus einem Leben verschwanden. Hundert parallele Leben müßte man haben. Abschied auf dem großen Bahnhof, danach verstört herumtaumeln auf der Fondamenta Santa Lucia, plötzlich wieder allein, ein Mann in einer flanierenden Menge, der erlebt hatte, wie sich jemand wieder in der Welt auflöste, ein schmaler, dünner Arm aus einem Zugfenster, dann der Zug selbst, der über den Ponte della Ferrovia entschwand, ein viereckiges Ding mit Lichtern, und dann nichts mehr. Im Jetzt vierzig Jahre später ging er in sein Hotelzimmer zurück und blätterte im Ausstellungskatalog. Unsinn natürlich, eine Verbindung mit Piero della Francesca zu sehen. Was war sie gewesen? Ein Kind der Flower-Power-Zeit, und er aus Einsamkeit nur allzu bereit, sich zu verlieben und dem Geplapper über Planeten und Sterne zu lauschen, die ihrer Meinung nach in ihrer aller Leben eingriffen. Als ob sie nichts anderes zu tun hätten! Doch wenn ihre Stimme, nachts am Wasser, vor sich hin mäanderte über Saturn und Pluto, als seien es Lebewesen, die vom All aus die Fäden spannen, an denen entlang das Leben einer Siebzehnjährigen aus Mills Valley und das eines freiberuflichen Kunstjournalisten aus Amsterdam verlaufen würden, hatte er eine schwer zu bestimmende Verzauberung gespürt, die nicht durch ihre Worte ausgelöst wurde, sondern durch das Schiefergrau dieser Augen, das im Dunkel aufzuleuchten schien. Liebe war das Bedürfnis nach Liebe, soviel hatte er verstanden. Die Absichten einer Reihe unbelebter Gas- und Eiskugeln irgendwo im Universum, das war eine Geschichte, die Menschen sich selbst erzählten, um jetzt, da die anderen Märchen ungültig geworden waren, in Gottesnamen irgendwo dazuzugehören, wenn man das nicht ertrug, mußte man nicht Stop! sagen zu einer beliebigen Passantin. In seinem leeren Haus in Amsterdam hatte er dann auf die Briefe in der unästhetischen amerikanischen Beinahe-Kinderschrift gewartet, mit wieder dem halben Tierkreis am Rand und sizilianischen Zeichen zur Abwehrung des bösen Blicks, jetzt fragte er sich, was um Himmels willen er darauf geantwortet hatte. Wer als erster das Schreiben eingestellt hatte, daran erinnerte er sich nicht mehr, wohl aber an die aufgeregte Überraschung, als gut zwanzig Jahre später plötzlich wieder ein Brief in dieser unbeholfenen Handschrift gekommen war. Sie hatte seinen Essay über Jacoba van Heemskerk in einem Katalog über spirituelle Kunst gelesen, der eine Ausstellung in San Francisco begleitete. Bei ihr sei sehr viel passiert, schrieb sie. Heirat, Scheidung, zwei Söhne, und sie male Bilder, die vielleicht Ähnlichkeit mit denen Jacoba van Heemskerks hätten. Zwei Fotos hatte sie mitgeschickt, nebulöse Flächen von der Farbe, die seiner Erinnerung nach ihre Augen hatten, grau mit leuchtenden, schwebenden Flecken, Kunst für die Wände eines Meditationszentrums. Es sei ihr nicht gut ergangen, aber der Buddhismus habe ihr sehr geholfen. Es gebe ein Kloster bei ihr in der Nähe, das ihr viel Kraft schenke, wenn sie ihre Söhne nicht hätte, wäre sie da eingetreten. Sie habe noch oft an ihn gedacht, und es müsse doch so etwas wie Seelenverwandtschaft geben, wenn er über die Gemälde von Jacoba schreibe, schließlich kenne die in Amerika so gut wie niemand, doch für sie sei sie eine große Inspirationsquelle gewesen und vor allem auch Trost, denn in ihrem Leben seien schlimme Dinge passiert, mit denen sie ihn nicht langweilen wolle. Sie hoffe, daß der Brief ihn erreiche, und meine, ihr Besuch in dieser Ausstellung sei ein Zeichen gewesen. Denn sei es nicht eigenartig, daß Menschen einander in der Welt einfach verlieren könnten? Daß man nicht mehr wisse, ob jemand noch lebe, obwohl es, wie auch immer, doch eine gemeinsame Reise gegeben habe, eine Erfahrung, die man geteilt habe? Eigentlich sei sie noch ein Kind gewesen, damals, in einer Art Traumschlaf habe sie gelebt, mit diesem alten Haus auf Hydra und dieser langen Bahnfahrt durch die ausgetrockneten Landschaften und schließlich Venedig, das sie irgendwann einmal wiederzusehen hoffe. Sie habe wahrscheinlich viel Unsinn geredet in jenen Tagen, liebe Güte, aber er habe sie so respektiert, wie sie damals gewesen sei, dafür sei sie ihm dankbar, es hätte auch anders laufen können. Sie wisse nicht, ob er verstehe, was sie meine, aber sie wolle damit sagen, daß er sie nicht mißbraucht habe. Sie hoffe, ihm sei klar, daß sie nichts von ihm wolle, daß es aber doch ein Wunder sei, wenn man sich unter Milliarden von Menschen wiederfinde. Er brauche natürlich nicht zu antworten, darum gehe es nicht, obgleich sie gern wüßte, ob es ihm gutgehe.

Nicht besonders, wäre die richtige Antwort gewesen. Das würde er also nicht schreiben und auch nicht, daß der Essay über Jacoba van Heemskerk eine Auftragsarbeit gewesen war, daß er zwar Respekt vor ihren Werken hatte, sie aber eigentlich auch ein wenig wesenlos fand und daß er das erneute Interesse an ihr als Teil der allgemeinen Vagheit sah, die in den letzten Jahren von den Seelen Besitz ergriffen hatte und deren Vorbotin sie, die Briefschreiberin, im Grunde gewesen war. Farbe genug, mit vielleicht der gleichen Spannung wie bei Kandinsky, aber nicht die Geschichte, die er suchte. Diese Kunst war pure Reaktion auf das neunzehnte Jahrhundert gewesen, das ihm selbst so zuwider war. Statt dessen schrieb er in seinem Brief, er arbeite an einer Dissertation über Piero della Francesca. Ob sie diesen Maler kenne? Und ja, er freue sich, daß sie geschrieben habe. Wie es wohl wäre, wenn sie sich wiedersähen? Er habe noch immer das kleine Foto von ihr auf dem Poller an der Riva degli Schiavoni, habe er ihr das seinerzeit geschickt? Er wisse es nicht mehr. Und das mit dem neunzehnten Jahrhundert stimmte eigentlich auch nicht. Flaubert, Stendhal, Balzac, die waren selbst bereits die Reaktion auf die antike Trägheit gewesen, in der so viel Erwartung erstickt war, er brauchte sich nur die ersten Fotos jener Zeit anzusehen, die Bewegungslosigkeit dieser langen Belichtungszeiten, um zu wissen, daß er nie in diesem Vorhof des Modernismus hätte wohnen wollen. Dieses Foto! Mädchen auf einem Poller, so groß, daß ein ganzes Seeschiff daran hätte festmachen können. Ein hauchdünnes Kleid mit etwas Violettem darin, und darüber das ephemere Gesicht eines menschlichen Wesens, durch und durch wegzupustende Vergänglichkeit. Eine Madonna von Bellini, das hatte er wohlweislich nicht gesagt. Wer Kunstgeschichte studiert hat, muß jedem Vergleich mißtrauen. Und dennoch, auch ohne Kind war sie eine Madonna gewesen. Auch bei ihr ein Schatten auf der linken Gesichtsseite, der nichts Gutes verhieß, fast nach innen gerichtete Augen, die die künftige Tragödie des abgewandten Kindes auf ihrem Schoß schon hundertmal gesehen hatten, und dann das Kind selbst, ein uralter Philosoph, der wußte, daß die schützende Hand seiner Mutter in der Stunde seines Todes nichts zu bedeuten haben würde.

Bevor er ihren Brief zu Ende gelesen hatte, stand sein Entschluß fest. Er würde sie aufsuchen, und das hatte er auch getan. Fällt in die Rubrik sinnlose Exerzitien, hatte einer seiner Freunde gesagt, aber daran glaubte er nicht. Dinge mußten zu Ende geführt werden. Dazu gehörte eine Reise nach Amerika, eine Frau, die einen auf dem Flughafen in San Francisco erwartete, jemand, an dem man erkannte, wie alt man selbst geworden war. Menschen waren phantastisch, eigentlich müßten sie immerzu Preise bekommen. Dieser rasend schnelle Blick, mit dem sie sich gegenseitig binnen einer Sekunde taxiert hatten, ein inneres Foto von bestechender Schärfe, über das vorläufig nicht gesprochen würde. Falten um die Augen, das Haar noch immer mit dieser roten Glut, nun aber von einem Schleier überzogen, die Schrift der Zeit, und dadurch eine plötzliche Kollegialität, vielleicht sogar Gerührtheit. Mehr Liebe als damals, das wußte er sofort, und zwar eine, mit der er nichts anfangen

würde, das wußte er genauso schnell. Die Verletzbar-
keit war größer geworden. Ein Holzhaus, Vorstadt
einer Vorstadt, Aquarelle aus der Provinz Rudolf
Steiners, Kunst, die er nie gemocht hatte, Dinge, die
er früher gesagt hätte und bei denen er jetzt mit einer
Leichtigkeit lügen konnte, die ihn selbst wunderte.
Du lebst noch immer in einer Traumwelt, hatte er
gesagt, und sie war sich treu geblieben und behaup-
tete mehr oder weniger, Saturn habe diese nebulö-
sen Kleckse gemacht, eine Woche höchster Ekstase,
Nacht um Nacht habe sie diese Kraft gespürt, als es
vorbei gewesen sei, habe sie sich so leer gefühlt wie
noch nie, leer, aber glücklich. Kurz danach habe sie
diese Ausstellung gesehen und verstanden, es sei ein
Zeichen, daß sie ihm schreiben müsse. Aber sie hätte
nie gedacht, daß er kommen würde.

Frauendienst war das Wort, das ihm einfiel. Er war
gekommen, um etwas zu Ende zu führen. Das war
nicht dasselbe wie einer Sache ein Ende zu machen.
Etwas war offengeblieben. Meist änderte sich das
nicht mehr – etwas war passiert, Distanz war dazwi-
schengekommen und Zeit, Verschleiß, Vergessen.
Ab und an ein Gedanke, eine vage Erinnerung, das
war normal, so lief das, außer, man hatte keinen Frieden damit. Etwas stand noch aus, eine Verifikation,
eine Form von Abschied. Dinge mußten zu Ende
geführt werden, nicht nur für einen selbst, sondern
auch für den anderen, es sei denn, der hätte kein

Bedürfnis danach. Das hatte er also getan, in Mills Valley. Und das tat er jetzt, nach ihrem Tod, noch einmal, hier in Venedig. Schlimme Dinge? Das habe sie doch geschrieben? Ja, aber darüber wolle sie jetzt nicht sprechen. Könnten sie einen Spaziergang machen, am Meer? Das Wetter sei gut, etwas stürmisch, aber das passe ja. Oder sei er zu müde? Nein, das wolle er gern, daß der Wind durch ihn hindurchfege. Aber Schwimmen sei nicht möglich. Erstens der kalte Golfstrom, und dann auch noch die *riptides*, es sei phantastisch, aber gefährlich. Das stimmte. Marine County, McClure's Beach, ein langer Weg hinunter, links und rechts Felder mit riesigen Elchen, denen man nicht zu nahe kommen dürfe. Brunftzeit, manchmal höre man sie rufen. Dann gingen sie aufeinander los mit diesen gewaltigen Geweihen. Unten herrschte die Brandung, Wasserwände, die sich auf einen zubewegten, Strandläufer, die mit ihrem Getrippel vor den Wellen ein winziges Alphabet in den Sand schrieben. Lärm wie von einer wütenden Orgel, der Ort, um eine Geschichte zu Ende zu führen, die zwanzig Jahre zuvor angefangen hat. Dann schreit man gegen den Wind. Fluch, Schicksal, das nicht zu den Farben des Landes dort paßt, nicht zu den Kinderfarben der alten Menschen, nicht zu den hellen Holzhäusern, nicht zu den Imitationen einer niederländischen Malerin aus dem anthroposophischen Zeitalter. Darum muß man zur Gewalt des Ozeans, dann wirft man die Sätze dem Wind entgegen, eine Frauenstimme gegen die Brandung, die erzählt von einem weggelaufenen Dichter, einem drogensüchtigen Kind, einer Krankheit mit einer eingebauten Uhr, aber ich habe mich damit ausgesöhnt.

Ein bißchen viel, nicht, sagte sie später im Auto. Das war der Satz, der ihn nach Venedig begleitet hatte. Sie hatten noch ein paar Briefe gewechselt, doch seine Fragen nach ihrem Zustand hatte sie ignoriert. Planeten und Sterne seien jetzt mehr denn je ihre Begleiter, hatte sie geschrieben, sie habe das Gefühl, emporgehoben zu werden. Ein Bild habe sie für ihn bestimmt, das bekomme er, wenn es soweit sei. Und kein Mitleid, sie sei gerade vom Strand zurückgekehrt, ein unvorstellbarer Sonnenuntergang, eine lange rote Bahn direkt zu der Stelle, wo sie gestanden hätten, sie hätte ohne weiteres übers Wasser zur Sonne gehen können. Ungefähr eine Woche danach kam das Aquarell, das er bei ihr zu Hause gesehen hatte und bei sich nicht aufhängen würde. Und dazu seine Briefe der letzten Monate und die von vor zwanzig Jahren, die er jetzt ungelesen ins Wasser warf. Dafür gibt's Mülltonnen, sagte eine Stimme hinter ihm. Er antwortete nicht und schaute den schaukelnden weißen Papierschnipseln zu, die langsam im aschigen, abendfarbenen Wasser davontrieben, bis eine Gondel vorbeikam und er sie nicht mehr sah.

Gewitter

*I*ch bin selbst ein Barometer, hatte er zu ihr gesagt, als sie vor dem Barometer standen. Ich spüre es bis ins Skelett. Ein anderer hätte gesagt: bis in die Knochen, doch Rudolf sagte Skelett, weil er wußte, daß es Rosita ärgerte. Er wußte auch, warum es sie ärgerte, das machte es noch schlimmer. Sie hatte einen wortgetreuen Geist und *sah* daher ein Skelett, was ihr nicht angenehm war. Die Zeit der Vanitasbilder ist vorbei, erwiderte sie, du stellst dir doch auch keinen Totenkopf mehr auf den Arbeitstisch. Hättest du das vor einer Stunde gesagt, dann hätte ich nicht mit dir gebumst. Keine Lust, ein Skelett auf mir liegen zu haben. Sie sah es vor sich, klappernde Rippen, ineinanderbeißende Kiefer. Du bist manchmal ein richtiges Arschloch. Nur weil sich das Wetter ändert. Darauf entgegnete er nichts, denn es stimmte, sowohl das eine wie das andere. Plötzlich war der Sommer vorbei. Graue Wolkenschlösser, das Weiß der spanischen Häuser mit einemmal fahl und in Kürze der Garten unter Wasser, denn wenn es kam, dann richtig, wie aus Kübeln. Und die damit einhergehende Melancholie. Türen, die den ganzen Sommer offen gewesen waren, mußten geschlossen werden, die großen Spaziergänge entlang der Küste vorverlegt, zwischen der Zeit, da es dunkel wurde, und der Zeit, da man in Spanien essen gehen konnte, klaffte plötzlich ein finsteres Loch. Das bedeutete, früher zu trinken, in einer Bar, oder in dem auf einmal nicht mehr so angenehmen Haus neben einem elektrischen Heizöfchen leicht verfroren zu lesen. Unerträglich, daß sie nicht darunter litt. Sie litt, wenn er es sich recht überlegte, eigentlich nie unter irgend etwas. Nicht unter Schlaflosigkeit, nicht unter Langeweile. Sie verschwand einfach in ihr Arbeitszimmer und war dort offenbar glücklich. Wie jemand glücklich sein konnte, der sich schon seit Jahren mit der Geschichte der niederländischen Arbeiterbewegung befaßte, war ihm ein Rätsel. Alles, was sie darüber erzählte, von Ferdinand Domela Nieuwenhuis bis hin zu Henriëtte Roland Holst, erfüllte ihn mit tiefem Argwohn. Sämtlich Leute, die einen Doppelnamen trugen und es mit der ausgebeuteten Klasse gut gemeint hatten. Jetzt, ein Jahrhundert später, stand die zu erhebende Klasse von einst tätowiert wie ein Maori mit laut brüllendem Radio auf einer Leiter und strich das Nebenhaus. Gedudel und Gestampfe, fette Stimmen von populären DJs und im Fernsehen primitiv daherredende neue Berühmtheiten, die eine Saison lang die Helden in irgendeiner Soap waren. Die müßten mal wiederkommen, sagte er dann, die Gorters und die van Eedens.* Das kalte Grausen würde sie packen. Endlich verwirklicht, die Diktatur des Proletariats, Kunst fürs Volk. Ich sehe die Arbeiter tanzen/silbrige Reigen am Rande des Ozeans. Gorter. Auch das ist verwirklicht, in der Disco in Torremolinos. Die Antwort darauf war meist ein leises Summen, von dem er nie so recht wußte, ob es nicht der Ausdruck von Verachtung oder tiefem Mitleid war. Ein leichtes, hohes Summen, eine Art Vogelgemurmel, als sei sie schon drauf und dran, von ihm wegzufliegen.

Doch das hatte sie nicht vor. Ich habe dich mitsamt deinem Genörgel gekauft, sagte sie bei einem seiner seltenen Anfälle von Reue. Sie hatte sich in einen Mann verliebt, der kleine Figuren aus Holz schnitzte, ein Barometer war und unter Sonnenfinsternis litt. Sobald die Sonne verschwand, mußten geheime Reservoire angezapft und Strategien ersonnen werden, um eine alles umfassende Düsterkeit abzuwehren. Nacht und Winter waren seine natürlichen Feinde. Dann lag das Holz unangerührt in seinem Studio, entstanden keine geschnitzten Traumwesen und erhielten Galerien keine Antwort. Er wurde dann zu einem Schiff, das ohne Kurs durch die Dunkelheit fuhr, sie spürte, daß ihr eigener Gleichmut ihn störte, wußte aber auch, daß ihre Unempfindlichkeit gegenüber dem, was er seine Schwarzgalligkeit nannte, ihn aufrecht hielt, bis er sich wieder an den Wechsel der Jahreszeit und die dazugehörige Dunkelheit gewöhnt hatte. Die beste Strategie war, ihn entschieden auf Kurs zu bringen.

Wollen wir nach San Hilario fahren?

Er zuckte mit den Achseln. San Hilario lag dreißig Kilometer entfernt. Man fuhr durch eine ziemlich wilde Landschaft. Es war eine kleine Bucht mit einem Strand, den sie noch in jungfräulichem Zustand gekannt hatten, wo aber ein Projektentwickler ein Hotel hingepflanzt hatte. Nicht weit davon, oberhalb des Strands, lag ein altes Lokal, in dem man etwas essen konnte, so eines, das die Spanier *chiringuito* nennen. Drinnen alles weiß getüncht, Plastiktische, eine große Steinterrasse, Aluminiumstühle, die ein hohes, scharrendes Geräusch von sich gaben, wenn man sie verrückte. Bei diesem dunklen Wetter würden die Neonlampen bereits brennen. Neon half, das hielt sie für experimentell bewiesen, ohne ihm das zu sagen. Eine lange weiße, kalte Sonnenattrappe als Placebo, das wirkte.

Es war das Ende der Saison, das heißt, wenige oder gar keine Touristen. Unterwegs brach das Gewitter los. Die Wolken waren bleigrau geworden, schwere Massen, die über dem Grün der Oleaster hingen, als wollten sie sie verschlingen. Plötzlich leuchtete die Landschaft eigenartig auf, der erste Blitz. Nach dem darauf folgenden scharfen, trockenen Donnerschlag nun auch Hagel in wüsten Schwallen gegen das Auto, Trommelwirbel auf dem Dach. Sie sah zur

Seite, wußte sie doch, daß ihn das in eine aufgedrehte Stimmung versetzen würde. Es müßte eine Sprache geben, hatte er mal gesagt, um alle Wolkenarten zu beschreiben. Quader, Kalkstein, Schiefer, weiße Flusen, gefährlicher Grus. Am liebsten, das war ihr bewußt, würde er jetzt aussteigen und ins Gewitter laufen. Hauptsache, es war dramatisch. Was ich brauche, sind große Ereignisse natürlicher Art, hatte er dazu gesagt. Die bekam er nun, aufs Wort bedient wie immer. Sie hatte Mühe, den kleinen Seat auf der Straße zu halten. Ein einsamer Motorradfahrer war abgestiegen und wurde einen Moment lang vom Blitz als Standbild in die Landschaft geätzt. Der Parkplatz beim Lokal war fast leer, als sie ausstieg, stand sie bis zu den Knöcheln im Wasser. Während sie zur überdachten Terrasse rannten, hörten sie das Geräusch der Brandung, noch verschärft durch das Pfeifen des Sturms. Das Grau des Meeres ging über ins Grau des Himmels, die kleine Insel, die dort vor der Küste lag, war kaum zu erkennen.

Verstreut über die ganze Terrasse fünf Menschen. Zwei Frauen in Regenmänteln etwas weiter weg, ein einsamer schwarzer Mann in gelbem Hemd, der zu lesen versuchte, ein Ehepaar am Tisch neben ihnen. Genug für einen Film.

Sagte Rudolf. Sie kannte das an ihm, diese Neigung, in allem Filmszenen zu sehen. Meist war sie einer Meinung mit ihm. Und hier stimmte alles. Einheit von Zeit, Ort und Handlung. Drama genug, bei diesem Gewitter, und offenbar focht das Ehepaar neben ihnen einen grandiosen unterdrückten Streit aus. Das sah man, noch bevor ein Wort gefallen war. Die Frau war schön. Schuhe, Bluse, Regenmantel, alles, was sie trug, war weiß, und als sei das noch nicht genug, schminkte sie sich noch die Lippen mit einem Stift von fast phosphoreszierend heller Farbe, als wolle sie zum Gewitter passen. Ihr schien nicht kalt zu sein. Dem Mann schon, er hatte sich in seine rote Windjacke verkrochen und blickte mürrisch zu Boden, ein großes Kognakglas in der Hand. Rosita fand nicht, daß die Frau Ähnlichkeit mit ihr hatte, sah aber in dem Paar ein Spiegelbild ihrer eigenen Ehe, nicht ganz angenehm. Das sagte sie folglich nicht, allein schon deshalb, weil ihre Strategie funktioniert und Rudolf inmitten aller Düsterkeit des Gewitters seine eigene Trübsal abgelegt hatte. Es schien, als werde er von der Elektrizität draußen aufgeladen. Sie sah, wie er der Frau zuschaute, die jetzt versuchte, mit einer kleinen Digitalkamera den Blitz zu fotografieren. An seinem Blick erkannte sie, daß er an eine Figur dachte, irgend etwas würde eines Tages daraus hervorgehen. Sie wußte nicht, ob man einen Mund runzeln konnte, doch genau das tat er ihrer Meinung nach, eine merkwürdige, gierige, gespannte Art und Weise, die Lippen zusammenzupressen, während er jeder Bewegung der Kamera folgte, die die weiße Frau immer zu spät hochhielt und auf die Blitze richtete. Und was für Blitze. In diesen Breiten war Gewitter ein Phänomen anderer Ordnung. Lange Strahlen grellweißen Lichts, mitunter mehrere zugleich, und die immer lauter werdenden Schläge, die darauf folgten und stetig näher zu kommen schienen.

Laß doch den Blödsinn, sagte der Mann aus seiner Windjacke heraus. Auf deutsch, und so laut, daß klar war, er ging davon aus, daß niemand ihn verstand. Rosita hatte auf spanisch bestellt und konnte auch für eine Spanierin durchgehen.

Die Frau schoß ein weiteres Foto und machte ein Gesicht, als habe sie diesmal den Blitz eingefangen.

Arschloch. Du bist wirklich ein Arschloch. Sie sagte es in ruhigem, klarem Ton, fast wie eine Durchsage für Reisende.

Laß mich in Ruhe oder geh ins Hotel. Ich mache so lange weiter, bis ich einen … Der Rest des Satzes ging in einem Donnerschlag unter, so heftig, daß die Terrasse bebte.

Den bekommst du jedenfalls nicht drauf, sagte der Mann.

Beim nächsten Schlag fiel das Licht aus. Nur wenn es blitzte, sah man noch den Zaun aus dicken Ästen, der die Terrasse von dem zum Strand hinunterlaufenden Hang trennte. Den Zaun und die Schaumkronen, die am Strand zerbarsten. Offenbar versuchte die Frau erneut, ein Foto von der elektrischen Schrift zu machen, die wie ein zersplittertes Alphabet über den gesamten Horizont fuhr, denn sie hörten das schrille Geräusch ihrer Kamera und sahen für einen Moment ein zuckendes rotes Lämpchen. In den paar Sekunden, bis das Neonlicht auf der Terrasse wieder anging, mußte der Mann ihr die Kamera aus der Hand geschlagen haben. Das Ding lag in einer großen Wasserpfütze am Rand der Terrasse. Die Frau schlug ihm ins Gesicht und sagte das Wort noch mal, und diesmal wurde es vom Geräusch des Aluminiumstuhls unterstrichen, der umfiel, als der Mann abrupt aufstand. Das Kognakglas in der Hand, lief er wie ein programmierter Roboter auf die Treppe zu, die zum Strand führte. Der Ober, der, hinter den Fenstern geschützt, auf die Terrasse geschaut hatte, kam heraus, doch der schwarze Mann war schneller und rannte zur Treppe, die der andere langsam hinunterzusteigen begann. Was Rosita nie mehr vergessen sollte, war der schaurige Wechsel zwischen Hell und Dunkel, der den Mann mit dem Glas sichtbar machte und wieder verschwinden ließ, als habe die Dunkelheit ihn geschluckt. Jedesmal, wenn sie ihn sahen, war er, noch immer mit diesem roboterhaften Gang, dem Meer ein Stück näher gekommen.

Der ersäuft sich jetzt, sagte Rudolf, aber soweit kam es nicht.

Als der Blitz ihn traf, schien es für einen Augenblick, als ströme die Elektrizität über ihn hinweg. Flüssige Funken, eine rasend schnelle Linie aus weißem Licht entlang der düsteren Form seines Körpers. Sogar durch den Lärm der Brandung hindurch hörten sie seinen Schrei, ein Geräusch aus zerschmetterten Worten, das im hohen Kreischen der Frau und einem weiteren Donnerschlag unterging. Sie sahen, wie der Ober und der schwarze Mann sich über den verwundenen Körper beugten, ihn aber nicht anzufassen wagten. Das geschah erst viel später, als die Polizei und die Ambulanz mit lauten Sirenen vorfuhren. Während der Vernehmung, bei der die Frau in einem fort leise jammerte, erwähnte niemand den Streit, als hätten sie das so abgesprochen. Erst nachdem die Beamten ihre Adresse und weitere Angaben notiert hatten, durften sie gehen. Durch den Schlamm liefen sie zum Auto. Der Himmel wurde in der Ferne noch immer mit der elektrischen Schrift beschrieben, doch Donner hörten sie nicht mehr, und auch der Wind hatte sich gelegt. Nur der Regen war geblieben, sacht, aber eindringlich.

Aus der Straße war ein Bach geworden, hier und da mußten sie Ästen ausweichen. Rudolf hatte eine CD eingelegt, Chormusik von Kurtág, die er immer in seinem Atelier hörte. Nicht eben Musik, die Rosita liebte, dünne, hohe Stimmen, die in große

Höhen zu steigen schienen, etwas Heiliges aus dem Raum hinter der geschlossenen Tür, Klänge, die sie ausgrenzten. Doch zugleich wußte sie, wenn diese Musik lief, arbeitete er, diese Stimmen begleiten mich, hatte er einmal gesagt. Sie hatte sich das vorzustellen versucht, wenn die Töne so merkwürdig ausfächerten, als sängen sie bis zum Ende ihres Atems, um dann in stets wiederholten Staccatobewegungen übereinander herzufallen. Manchmal glichen sie auch einer Menge, die irgendwo in der Ferne ein schreckliches Geheimnis besprach, dessen Kern ihr wegen der geschlossenen Tür entging. Jetzt, im Auto, gehörten die Stimmen plötzlich zu dem, was gerade geschehen war. Sie sah wieder, wie die weiße Frau, die auf einmal sehr still geworden war, von zwei Krankenpflegern gestützt zur Ambulanz gebracht wurde und sich dort auf einen kleinen Stuhl neben die menschliche Form unter dem Laken setzte. Erst vor wenigen Stunden hatte sie in diesem Ehepaar ein Spiegelbild gesehen. Sie fröstelte und blickte aus dem rechten Augenwinkel zu dem verschlossenen Gesicht neben ihr. Die Musik glich jetzt einem Kampf zwischen Männern und Frauen, die Frauenstimmen wie Peitschenschläge. Sie erschauerte und dachte daran, daß sie noch nie jemanden hatte sterben sehen. Mausetot, hatte Rudolfs Antwort gelautet, als sie gefragt hatte, ob der Mann tot sei. Das waren zehn elektrische Stühle, es roch ja richtig verbrannt. Man bekommt einen gewaltigen Schlag.

Niemand war auf der Straße. Morgen würde die Geschichte in der Inselzeitung stehen, und von überall her würden sie angefahren kommen, um zu schauen, wo es passiert war. Hier geschah nicht viel, sogar ein Zusammenstoß war schon eine große Nachricht. Plötzlich hob er die Hand und sagte, halt da rechts mal eben an. Er sah Dinge immer früher als sie, daran war sie gewöhnt. Jetzt würde er das Messer oder die kleine Säge holen, die immer im Kofferraum lag für den Fall, daß er ein besonderes Holzstück entdeckte, das er für irgend etwas verwenden konnte. Im Rückspiegel sah sie ihn ein kleines Stück zurückgehen und über den Straßengraben im Wald verschwinden. Er hatte die große Lampe mitgenommen, man konnte den sich bewegenden Lichtschein noch zwischen den Stämmen sehen. Sie stellte die Musik leiser und lauschte dem Geräusch des Regens, das von dem der Scheibenwischer in gleiche Teile geteilt wurde, ticktack, ticktack. Kurz darauf hörte sie ihn rufen. Sie schaltete das Warnblinklicht ein und stieg aus. Er stand vor den Wurzeln eines umgestürzten Baumes und bat sie, ihm kurz mit der Lampe zu leuchten. Im gelben Licht sah die Unterseite des Baums wie der Kopf einer gigantischen Medusa aus, die gewundenen Wurzeln wie riesenhaftes Rastahaar voller Erdklumpen und Steine. Sie hatte das Gefühl, alle diese Tentakel streckten sich nach ihr aus, und trat unwillkürlich einen Schritt zurück.

Nein, näher ran! Seine Stimme klang streng, wie immer, wenn er konzentriert war. Mit der Hand schlug er einen Teil der rotbraunen Erde ab und begann, an einer der Wurzeln zu sägen, einem bizarren, gewundenen Holzstück, das noch zu leben schien, was natürlich auch so war. Er hielt es hoch ins Licht. Ein merkwürdiger Knick war darin, wie bei jemandem, der auf dem Boden liegt und die Beine angezogen hat. Das sieht aus wie ein Fötus, sagte sie, aber er antwortete nicht. Nur dieser Blick, und sie wußte, sie hatte etwas Falsches gesagt. Schweigend gingen sie zum Auto zurück und legten das Holzstück in den Kofferraum. Er summte und hatte vergessen, die Musik wieder einzuschalten. Eine Zeitlang schaffte sie es, nichts zu sagen, dann aber fragte sie doch.

Was passiert eigentlich, wenn man vom Blitz getroffen wird? Ist man dann immer sofort tot?

Nein, nicht immer. Aber man bekommt einen gewaltigen Stromschlag. Der Mensch besteht zu 95 % aus Wasser. Also verdampft man im Grunde. Der Widerstand kommt von den Knochen. Er dachte sich das spontan aus.

Du weißt es ja selber nicht.

Nein, stimmt, sagte er, aber er war tot. Verbrannt.

Sein Gesicht war völlig verkohlt. Wasser leitet, und es hat geregnet.

Jetzt sagten sie beide nichts mehr. Zu Hause verschwand er in seinem Atelier. Sie hörte, wie er den Wurzelstrunk schrubbte. Am nächsten Morgen sah sie, daß er das Holzstück an den offenen Kamin gelegt hatte. Durch den Knick wirkte es, als hätte es Schmerzen, eine große Kraft hatte es in eine Form gezwängt, die nicht natürlich war. Und doch hatte die Natur das getan.

Nicht verbrennen, sagte er, trocknen lassen.

Im Morgenlicht konnte sie erkennen, was für eine Figur es werden würde. Einen Moment lang, als die Frau wieder fotografierte, hatte der Mann sie angesehen. Hellblaue Augen. Es hatte geschienen, als wolle er etwas sagen, aber er hatte es nicht getan. Sie selbst hatte kurz die Hand gehoben und dann zurückgelacht.

Die Zeitung kaufte sie nicht, um keinen Namen dazu zu haben.

---

* Ferdinand Domela Nieuwenhuis (1846-1919) war eine der wichtigsten Figuren der frühen niederländischen Arbeiterbewegung. Herman Gorter, Henriëtte Roland Holst und Frederik van Eeden gehörten der literarischen Bewegung der »Tachtigers« (der »Achtziger«) an, die nach einer revolutionären Erneuerung der niederländischen Literatur strebte.

Heinz

»What an empty episode!« said Eliza. »It seems to have no meaning.«
»It has none«, said Sir Robert. »So we will not give it one. We will not pretend that something has happened when nothing has.«

Ivy Compton-Burnett, *The Last and the First*

I

*E*rst eine glatte Täuschung. Ich sehe mir ein Foto mit mehreren Leuten an, zwischen denen ich selbst stehe. Jetzt muß ich so tun, als würde ich mich und die anderen nicht kennen. Was sehe ich dann? Nein, ich muß die Täuschung verstärken. Wenn ich nach draußen schaue, hier, wo ich dieses schreibe, sehe ich eine Wiese, eine schmale Landstraße, die nach links biegt. Der Asphalt ist naß. Es ist Winter, aber es liegt kein Schnee wie sonst in dieser Jahreszeit. Die Bäume vor mir sind kahl. Birken, eine abgestorbene Tanne, ein kleiner Teich. Daneben ist jemand ohne Grabstein begraben. Dahinter eine zweite Wiese und eine dritte. Der Boden sumpfig, matschig, das weiß ich von meinen Spaziergängen. In der Ferne Wälder wie eine schwarze Wehr.

Wehr ist vielleicht kein gebräuchliches Wort, aber es paßt zu Täuschung.

Sprache ist etwas, was man erbt, man ist nie ganz man selbst, wenn man spricht, auch das hilft beim Lügen. Wenn schönes Wetter wäre, könnte ich die Alpen sehen, dann wäre der Schein offensichtlicher, denn auf dem Foto hier auf meinem Tisch ist keine Rede von Bergen. Ich sehe die anderen auf dem Foto an. Sie – ich muß daran festhalten, die Zeit für wir kommt erst nachher – stehen in einer mediterranen Landschaft. Weit entfernt im Raum, weit entfernt in der Zeit. Eine zerzauste Gruppe, in Kleidern für draußen. Fünf Männer, zwei Frauen, ein halber Hund. Wäre das Foto auf der rechten Seite einen Zentimeter breiter, dann hätte man sehen können, ob das linke Ohr des weißen Hundes ebenfalls schwarz war. Im Hintergrund ein alter Bauernwagen. Was für ein Spiel ist das, so tun zu wollen, als würde ich diese Menschen nicht kennen? Denke ich, daß ich ihnen mit diesem Trick ihre Rätsel entlokken kann? Nur indem ich sie anschaue? Oder will ich Fremde aus ihnen machen, gerade weil ich ihre Rätsel kenne? Sie haben alle schon ungefähr fünfzig Jahre gelebt, soviel ist deutlich. Armut ist nicht ihr Problem, auch das ist zu erkennen. Bessere Kreise, rustikale Kleidung.

Vielleicht gehen sie gleich auf die Jagd oder versorgen ihre Pferde. Jemand, der dieses Foto findet, jetzt oder in fünfzig Jahren, was denkt der? Für den Fall, daß es jetzt ist, verspürt der- oder diejenige dann Neugier, würde sie diese Männer kennen wollen, findet er die Frauen attraktiv? In fünfzig Jahren lauten die Fragen anders. Dann sind diese Menschen ins Totenreich verwiesen oder in ein unwirkliches Alter, dann wird das Betrachten des Fotos eine flüchtige Sekunde lang zu einem melancholischen Exerzitium, allerdings ohne große Konsequenzen. Tote haben wenig Rechte. Ich lasse sie also lieber leben und behaupte, daß dieses Foto ein Jetzt darstellt, ein Jetzt, in dem die sieben Menschen einen unsichtbaren Fotografen (männl./weibl.) ansehen. Nur einer, der Mann mit der Mütze, lacht. Die anderen haben die Ahnung eines Lächelns auf den Lippen, mehr nicht. Ob sie den Fotografen (m/w) kennen, wissen wir nicht, wahrscheinlich schon, denn keiner wirft sich in Positur. Sie stehen einfach da, in einer mehr oder weniger zufälligen Reihe, die Gesichter der Kamera zugewandt. Zwei Sekunden später werden sie sich aus dieser Reihe lösen, wieder miteinander reden. Na schön, Schreiberling, was willst du damit bezwecken? Nur wenn du Alzheimer hättest, wüßtest du nicht mehr, wer diese Menschen sind. Ja, dich meine ich. Einer dieser sieben bist du selbst, zwei der Männer kennst du nicht, bleiben vier, und von einem der vier wolltest du etwas erzählen, weil er der einzige Tote ist. Warum diese ganze Geheimnistuerei?

Wolltest du mehr daraus machen, als es ist? Dramen in Romanen oder Filmen sind nur deshalb Dramen, weil die Dauer beschränkt ist, weil man sie zu ein paar Abenden Lesen oder zwei Stunden Schauen zusammenpressen kann, aber sonst? In der Wirklichkeit darf man manche Dinge noch immer als Drama bezeichnen, und trotzdem, wenn man Kunst daraus machen will, muß man eindicken und zusammenpressen, das läßt sich nicht ändern. Dauer war im neunzehnten Jahrhundert eine Tugend, Stendhal, Trollope. Wir dagegen schaffen das nicht mehr, wir werden in einem fort abgelenkt. Unser Chaos macht Geschichten formlos, unübersichtlich. In einer guten Geschichte ist die Zeit sowohl aufgehoben als auch anwesend. Bei Fotos ist immer wichtig, wer nicht darauf ist, aber woher soll man das wissen? Ich meine, wenn man die Menschen auf dem Foto nicht kennt, kann man auch nicht wissen, wer fehlt. Das ist der Unterschied. Heinz steht neben seiner Frau, aber seine erste Frau ist nicht mit drauf. Heinz? Vierter von links und vierter von rechts. Zählt man den Hund nicht dazu, dann steht er genau in der Mitte. Deutscher Name, kein Deutscher. Mittelpunkt. Von dieser Gruppe, und von dieser Geschichte. Ich habe die Fiktion der Täuschung also nicht lange aufrechterhalten, aber sie ist mir bewußt. Warum habe ich es dann trotzdem versucht? Darf ich das nachher erzählen, am Ende?

2

Die ligurische Küste. Wer je *Ossi di Seppia* von Eugenio Montale gelesen hat, weiß, was das bedeutet. Tintenfischknochen. Hinter der verschandelten Küste noch immer eine klassische Landschaft, schließ die Augen, und ein römisches Heer marschiert vorbei, auf dem Weg nach Gallien. Tintenfische gehören zu den Schalentieren, doch was sie hinterlassen, wenn sie aus dem Leben verschwinden, ist kein Schnekkenhaus und keine Muschelschale, sondern ihr Gebein, ein merkwürdiger, leicht kalkiger Gegenstand, weiß und oval, nicht hart, im Gegenteil zerbrechlich, früher sah man so etwas in Kanarienvogelkäfigen. Nicht zum Fressen, denke ich, sondern um den Schnabel der Sänger zu schärfen. Für Montale war es offenbar das Symbol seiner Heimat, und das hat etwas für sich. Ein kalkartiges Überbleibsel des Lebens, felsiger Boden, empfindlicher Sandstein, bewachsen mit Zypressen und Steineichen, Kakteen, Zitronenbäumen. Im Landesinneren hinter der Küste alte Bauernhöfe, solche wie der, vor dem wir an jenem Tag standen, weiß der Himmel in welchem Jahr, Zeit entgleitet mir immer als erstes. Der Mann mit der Mütze war der Verkäufer, er lachte am lautesten, aber es half nichts. Niemand kaufte. Er war der einzige Italiener in unserer Gesellschaft, der Rest Engländer, Heinz und ich die beiden Niederländer.

Keiner von uns wohnte in der Stadt an der Küste, unsere Häuser lagen in den alten Dörfern und den umliegenden Hügeln. Jetzt muß ich natürlich das Foto beschreiben, aber zuvor eine Warnung. Wann ist etwas ein Drama? Vielleicht sollte ich doch wieder auf die alte Theaterdefinition zurückkommen: die Zwangsjacke der Einheit von Zeit, Ort und Handlung. Wer das erwartet, wird sich hier getäuscht sehen. Drama genug, aber keine Zwangsjacke, und folglich keine Kunst. Keine Kulmination, keine Auflösung. Die letzten drei Akteure waren Heinz, eine Taube und der Tod. Ich schaute nur zu, wie immer, und Molly hatte sich in die Kulissen geflüchtet. Aber sie ließen sich Zeit, das Buch war längst weggelegt, der Saal leer. Alles dauerte zu lang. Heinz war allein mit seinem Stück, wie Philip und Andrea, die, wenn man den Verkäufer nicht mitrechnet, an den beiden Enden der Reihe stehen. Nicht versehentlich, nicht durch Zufall. Von links nach rechts jetzt. Der Verkäufer, der mit der Mütze und dem Lachen. Er kann abtreten. Nach ihm kommen die echten Personen. Non dramatis. Die erste ist Andrea. Von unten: weiße Wanderschuhe, eine schmale schwarze Hose, ein langes weißes T-Shirt, eine kurze weiße Jacke aus gekräuselter Wolle, eine Art weißer Persianer, falls es so etwas gibt. Vielleicht ein Imitat, man weiß es nicht. Sie ist eine jener Frauen, bei denen auch Imitate echt wirken. Wie eine Reiterin steht sie da, aber vielleicht denke ich das nur, weil ich es weiß. Ich war mal verliebt in sie, wir haben es ausprobiert, nichts draus geworden. *The Sun* tägliche Nahrung, sonst nur Pferde. Daß ich gerade das anziehend fand, wollte sie nicht glauben. *In your secret heart you are an arrogant intellectual, you laugh about me.* Davon konnte keine Rede sein, aber beweisen ließ sich das nicht. Schon mal eine Frau im Abendlicht durch die Hügel reiten sehen? Ein Atavismus siegt immer über ein Skandal-blatt. Slowenischer Adel, doch davon spricht man nicht, wenn man aus England kommt. *Too ridiculous.* Vater Antisemit und großer Pferdemensch, Tito ent-flohen, reich geheiratet. Neben ihr zwei Meter lang nichts, ein paar weiße Getreidesäcke an der Mauer, dann der unbekannte Segler, jemand, der an diesem Tag zufällig da war. Offenes, freundliches Gesicht. Keine Jacke, auf dem Meer ist es meist kälter. Dann Heinz, schwer. Er ist der Grund, warum ich so tun wollte, als würde ich sie nicht kennen. Ich wollte se-hen, ob ich seinen Untergang hätte erraten können, aber egal, wie ich schaue, es ist nichts zu sehen, jetzt nicht und in fünfzig Jahren schon gar nicht. Nicht einmal das, was ich damals bereits wußte, zählt. Ein schwerer Mann in schwarzem Rollkragenpullover, offenem Jackett, schlampiger Hose, falschen Schu-hen, das Gegenteil seiner Frau Molly neben ihm, da-mals noch. Sie spricht die gleiche Art von Englisch wie Philip und Andrea, nicht Oxford, eher etwas,

was zu Jaguaren, Kricket und Pferden gehört, aber auch zu Zeitungen mit fettgedruckten Schlagzeilen und nacktem Fleisch auf Seite drei. Bessere Kreise, keine Bücher, damit ist wohl alles gesagt. *Expatriates*, aber Patria ist nur zwei Flugstunden entfernt, und die Sprache ist überall, im Gegensatz zum Finanzamt. Molly: ebenfalls eine Sonnenbrille, weißes Gestell. Bei manchen Engländerinnen weiß man genau, man wird nie ihr wahres Gesicht sehen. *Tous les Anglais sont fous par nature ou par ton,* sagte Chateaubriand aus dem Grab, und das gilt auch für die Frauen.

Weißen Schal locker umgebunden, hochblondes Haar, Dreivierteljacke aus Tweed. Eine gebeugte alte Frau mit kleinem Hund auf einem Feldweg, als ich sie das letztemal sah. Sie erkannte mich nicht. Hier stehe ich neben ihr, eine frühere Ausgabe meines chamäleonartigen Selbst. Wo jetzt mein Ellbogen auf dem deutschen Tisch liegt, muß meine Frau gestanden haben, um das Foto zu machen, m/w war also w. Wenn ich meiner damaligen Blickrichtung folge, nach den Gesetzen der Perspektive, sehe ich genau, wo ihre Füße sich auf den glatten sandfarbenen Felsen befunden haben müssen. Auch ich habe mir einen Schal locker umgebunden. Über die Zeit hinweg sehe ich noch, welchen, grün mit kleinen schottischen Karos. Auf unserem epischen Weg zwischen Nichts und Nichts lassen wir eine endlose Spur aus Kleidungsstücken zurück. Manchmal habe ich Heimweh nach ihnen, allein darum schon sollte man sich alte Fotos nicht zu oft anschauen. Neben mir Philip. Wildlederschuhe, wattierte Jacke, graues Haar, bereits damals, im Wind. Er hat die Kommandostimme seines Vaters, der mir einmal erzählt hat, welche Schlachten ihm im Krieg entgangen waren. Monte Cassino, zuviel Gin und über einen Zelthering gestolpert, El Alamein, zu spät von seinem *orderly* geweckt worden, Jerusalem, Befehl über ein Frauenregiment. Zusammen mit Heinz makelte Philip mit Land und Häusern. Jetzt von Andrea geschieden wegen der Pferde. *Only time for those goddam horses. Out in the morning at six. Never at home.* Aber die Geschichte handelt nicht von Philip und Andrea. Sie handelt von Heinz.

3

Von allen Rängen, die das Außenministerium zu vergeben hat, ist der des Vizehonorarkonsuls vermutlich der niedrigste. Honorar bedeutet unbesoldet und Vize, daß es auch noch jemanden geben könnte, der kein Vize vor seinem Namen stehen hat, doch in Heinz' Fall traf das nicht zu. Er hatte keinen über sich, und das war nur gut. Eine kleine Hafenstadt in einem Touristengebiet, das von vielen Niederländern besucht wird, muß ein Konsulat haben. Niederländer im Ausland sterben, werden verhaftet, haben einen Autounfall, verlieren ihr Geld oder ihren Paß oder beides, und dann muß der mächtige Arm des Heimatstaates bis über die Grenzen reichen können, um den Unglücklichen beizustehen. Als Gegenleistung darf sich der Honorarkonsul, meist ein ortsansässiger Geschäftsmann, der kaum Niederländisch spricht, das Schild mit dem Wappen des Königreichs an sein Haus hängen, was ihm vor Ort viel Prestige verleiht. Zwei goldene Löwen, die Pranken erhoben, heraldische Zungen in den aufgerissenen Mäulern, sind dem Geschäft dienlich, das meist im selben Gebäude angesiedelt ist. »Je maintiendrai« steht in ebenfalls goldenen Lettern auf diesem ovalen Schild, was von Heinz mit »Ich werde auch weiterhin maintenieren« übersetzt wurde, ein Satz, der zusammen mit der Kenntnis des Französischen aus der Sprache der jüngeren Generationen verschwunden ist. *Maitresses*, *maintenées*, alles ausgestorben, ausgetauscht gegen das abgewertete Wort Freundin, was nicht heißen soll, daß Heinz keine hatte. Dafür hatte er seine Sekretärin Sigismonda, die es ihm gelegentlich auch unter seinem Schreibtisch besorgte, eine fröhliche Achtundvierzigjährige, deren Pferdegesicht, wie er es nannte, er rührend fand. Heinz hatte ein aufgeräumtes Naturell, das weder zu seinem ersten noch seinem zweiten Vornamen paßte. Heinz Maximiliaan, das kommt davon, wenn man eine österreichische

Mutter hat, sagte er regelmäßig, ich kann noch von Glück sagen, daß mir Adolf erspart blieb.

Ein weiteres Mal kehre ich zu dem Foto zurück. Aufgeräumtes Naturell, stimmt das wirklich? Und was ist mit dem Melancholiker, und dem Alkoholiker?

Aber das war es ja gerade, diese unwiderstehliche Kombination, die mich noch immer an ihn denken läßt. Das habe ich auch mit »keine Auflösung« gemeint. Die Auflösung ist schon von vornherein gewiß, denn es gibt keinen Knoten. Ein Alkoholiker trinkt sich zu Tode. Auf dem Grund seiner Seele hauste bei Heinz die mélaina cholē, die Spukgestalt der schwarzen Galle, die ihn unwiderruflich seinem Ende entgegentrieb, es war ein Wunder, daß er dabei so fröhlich blieb.

4

Alles fing vor ungefähr dreißig Jahren an. Ich saß mit meiner damaligen Liebsten in einem Straßencafé am Hafen. Beflaggte Segelboote, eine Prozession auf dem Wasser, der erste Fischer mit einer Figur der heiligen Jungfrau, die anderen Fischer um ihn herum, Singen und Tuten, ein goldgekleideter Pfaffe, der das Meer mit Weihrauch segnete, heidnische Rituale, die hier wahrscheinlich schon vor Christus stattfanden, denn das Meer flößt Angst ein, die beschworen werden muß, und das geht nun einmal nicht ohne Priester. Wir müssen ein paar Worte miteinander gewechselt haben, denn plötzlich tauchte ein dickes, rotes Gesicht zwischen uns auf und verkündete: »ich verstehe alles, was ihr sagt«, was dann sofort dazu führt, daß man sich fragt, was man gerade Schändliches von sich gegeben hat. Nein, bei dieser ersten Begegnung wirkte Heinz nicht einnehmend, und ich hatte keine Lust auf seine Bekanntschaft. Er roch nach Gin, war nicht rasiert, hatte aber bereits den Kellner gerufen und etwas *im Namen des Vaterlands* bestellt. Warum kam es nach dieser ersten Begegnung zu einer zweiten und danach zu einer endlosen Reihe von Begegnungen, die in jener letzten auf seiner Terrasse gipfeln sollte, an einem Tag mit bleigrauem Wasser und Sturm? Die Antwort, denke ich, ist wieder ein Foto. Nicht dieses, sondern eines, das Molly mir mal gezeigt hat, Heinz am Tag ihrer Hochzeit, sein Gesicht noch nicht gezeichnet vom Alkohol, ein Seeräuber, Bukanier, Clark Gable, ein Mann, von Abenteuer umgeben, ein Freibeuter, in den sie sich einst verliebt hatte, einer, der an jedem Finger zehn Frauen haben konnte, weil solche Männer eine Freiheit ausstrahlen, die selten ist. Ich weiß noch, daß ich mir dieses Foto lange ansah. Das Wort schelmisch ist ausgestorben, zumal im Zusammenhang mit erwachsenen Männern, doch der, der da stand, groß, gut gebaut, ein Mann auf einem Segelboot, ein Glas in der einen

Hand und die andere am Ruder, das war der frühere Geist von Heinz Maximiliaan Schroeder, Vizekonsul Ihrer Majestät vor Ort, damals noch im Stand der Gnade, Libido und Humor intakt, vom Alkohol noch nicht eingeholt, schelmisch und, wieder so ein Wort, unschuldig, ein Hauch von Boshaftigkeit in diesen schrecklich blauen Augen, *ein Mensch*. Ich brauche anscheinend andere Sprachen, um mich ihm zu nähern. Und trotzdem, wenn ich sage *ein Mensch*, warum will ich dann verbergen, daß ich bei jenem ersten Mal, als sein rotes, betrunkenes Gesicht im Hafen neben mir auftauchte, sofort an einen Schweinekopf dachte? Die Welt des Bestiariums ist voll von hybriden Doppelformen, Pferde mit Menschenköpfen, Vögel mit Frauenbrüsten, ägyptische Götter mit Tiergesichtern, Adler mit Menschenkronen, der Minotaurus mit seinem bleischweren gehörnten Kopf auf diesem plötzlich so schmalen Männerkörper. Es ist die Zeit der Erbsünde, des mühsamen Abschieds von der Tierwelt, der Augenblick, da wir unsere Unschuld verloren. In unserem Heimweh nach dem zurückgelassenen Tierreich, dem wir entstammen, haben wir uns offenbar mit allen möglichen tierischen Wesen wenigstens teilweise identifizieren wollen, meines Wissens jedoch nie mit Schweinen, es sei denn in Karikaturen, um jemanden zu beleidigen.

5

Sein ältester Trick: eine Einladung in sein Sommerhaus am Meer, neben dem Pool. Und eine Fahrt mit
seiner Motoryacht. Die Yacht war ein billiges Speedboot, das Sommerhaus eine weißverputzte, steinerne
alte Fischerhütte, die Terrasse drei Meter lang, mit
einem Schilfdach, der Pool ein in einer Terrassenek-
ke eingemauertes Kinderplanschbecken mit einem
Rand, der einem nicht einmal bis zum Knie ging,
man konnte so eben darin sitzen, von Schwimmen
keine Rede. Dort empfing er seine potentiellen Käu-
fer, von denen nur wenige ihre Bestürzung verbergen
konnten. Wenn sie dann doch noch etwas über den
Pool sagten, wies er hinaus, aufs Meer. Die Hütte
lag hoch über einer kleinen Bucht mit steilen Felsen,
ein Teil des Spaßes bestand darin, von den Felsen
ins Wasser zu springen, nicht ganz ungefährlich, weil
vor allem im unteren Bereich scharfe Kanten vor-
standen. Im Kopfsprung war er unübertroffen. Bei
meinem ersten Besuch war das Wasser wild, sein Bügeleisen, wie er das kleine Speedboot nannte, zerrte
im tosenden Wasser an den Leinen, mit denen Heinz
es an zwei rostigen Haken im Fels festgemacht hatte.
Zum Lunch waren wir eingeladen, meine Verflosse-
ne und ich. Philip hatte gesagt, eine Flasche Whisky
wäre das willkommenste Geschenk, die hatte ich also
dabei. Was Philip mir nicht erzählt hatte, war, daß die

Flasche am Ende des Lunches leer sein würde. Ich selbst trinke mittags nichts Hochprozentiges, und auch die Frauen blieben beim Wein. Ein Film war es nicht, das ist das Alltagsleben nie, aber manchmal sollte man versuchen, Szenen aus dem Alltagsleben wie einen Film zu betrachten. Dann legt sich ein eigentümlicher Glanz darüber, einzelne Fragmente des Dialogs scheinen von einem zweitklassigen, aber nicht unwitzigen Drehbuchautor geschrieben zu sein, das Mikrophon pickt auch die Gespräche heraus, die nicht im Skript standen, und die Kamera hat hin und wieder einen weiten Schwenk gemacht, der bis zu der felsigen Insel in der Ferne reichte, hat den Kopf eines einsamen Schwimmers aufgezeichnet, der gegen die Wellen ankämpft, und hat dann Mollys sehr blasses Gesicht genau in dem Augenblick herangezoomt, als Heinz von ihr als »dieser Garnele« spricht, die noch immer kein Wort Niederländisch kann. Vielleicht war er bei dieser zweiten Begegnung noch mehr Schwein als bei der ersten, doch meine Transformation hatte bereits begonnen. Wenn es stimmt, daß es eine Liebe gibt, die nichts mit Eros zu tun hat, und wenn es auch stimmt, daß Platon gesagt hat, Liebe ist nicht in dem, der geliebt wird, sondern in dem, der liebt, dann hatte ich begonnen, schon damals, diesen Mann, der immer mehr Ähnlichkeit mit einem Bacchanten bekam, diesen verwilderten Trunkenbold, der nie volltrunken wurde, zuzulassen zu ... ja, wozu? Ich habe außerordentlich wenig Lust, von mir selbst zu sprechen, aber etwas werde ich doch sagen müssen. Zu einer Gruppe intimer Freunde? Habe ich eigentlich nicht. Ich habe hier und da auf der Welt Menschen, Mann/Frau, die das Salz meines Daseins ausmachen, um es mal so zu nennen. Eine halb kulinarische Metapher, sie bringt einen nicht viel weiter, aber trotzdem. Menschen, um die man trauert, wenn sie sterben, aber auch, und darum geht es, schon vor diesem fatalen Abschied, Wesen, um die man bereits trauern kann, während man noch über sie lacht. Menschen, die verletzlich sind, verwundete Idioten, Frauen, die ihr Schicksal herausfordern, Ritter von der traurigen Gestalt, Männer, die von einem Nimbus des Unglücks umgeben sind. Ich will nicht wissen, was das über mich sagt, es soll mich nicht heilig machen, vielleicht ist es Mitgefühl, und vielleicht bin ich die Aasfliege, die vom Leichengeruch angelockt wird, womöglich fühle ich mich angesichts der angekündigten Tragödie eines anderen sicher, weil die dann jedenfalls nicht mehr mir zustößt, wer vermag das schon zu sagen.

6

Film. Der Vizehonorarkonsul hat sich in das Kinderplanschbecken gesetzt. Er singt. Es ist ein Lied ohne
Worte. Sein Lieblingslied, ich werde es im Verlauf
der Jahre noch Hunderte von Malen hören. Es klingt
wie Blasmusik, Herolde, die den Einzug von Köni-
gen ankündigen. Ich habe es jetzt im Ohr, während
ich schreibe. Der Schweinekopf hat das Schwein-
hafte verloren, mitten durch den Whisky und die
Fettschichten hindurch taucht der Schemen von
Clark Gable auf mit dem Bauch von Bacchus und
einer nassen Haarlocke, die ihm schwungvoll über
die halbe Stirn fällt. Bacchus, Heinz und Clark sind
glücklich. Vielleicht war Heinz der einzige glückliche
Trinker, den ich gekannt habe. Niemand konnte seine mélaina cholē besser verbergen, er mußte sterben,
bevor sie an die Oberfläche kam. Ich half Molly mit
dem Abwasch, nicht mehr ganz sicher auf den Bei-
nen. Der Whisky war teuer, der Wein aus dem Supermarkt, billiges Zeug, das einem nach einiger Zeit
den Stuhl unter dem Hirn wegzieht. Eine Kalbszun-
ge hatte Molly zubereitet, so eine, die man zusammengerollt in einen Topf bettet, in dem sie dann rosa
aufgebahrt liegt, unter bernsteinfarbenem Gelee, das
seinerseits wieder von einem kodierten Sternsystem
aus Zitronenstückchen und Petersilie illuminiert
wird. Leicht säuerlich beißt sie nach dem Wein zu-

rück. Kochen kann die Garnele, sagt Bacchus, aber sonst kann sie nichts. *Nein, mach dir keine Sorgen, sie versteht kein Niederländisch.* Da bin ich mir nicht ganz sicher, aber das englische Gesicht zeigt durch und durch Beherrschung. Darin hat sie Übung, und außerdem, aber das weiß ich erst später, auch hier ist Liebe in demjenigen, der liebt. *Elle se maintenait encore en beauté.* Wieder Chateaubriand. Über Lady Jersey, ein Name, der zu Molly gepaßt hätte. Zwei Kinder hatten sie, auf englischen Internaten, außer Reichweite der väterlichen Anarchie und der mütterlichen Angst. In den Ferien kamen sie ins Wunderland der grenzenlosen Freiheit, liefen halbnackt herum und konnten auf niederländisch fluchen. Das Gesicht von Molly, die nie in die Sonne ging, wurde dann pergamenten. Ihr einziger Trost waren ihr anderes Haus in einem luxuriösen Touristenghetto, in das nie jemand eingeladen wurde, und die Sonntagvormittage in der anglikanischen Kirche in der Innenstadt, Hymnen und ein echter englischer Vikar, die Strahlung des Heimwehs wirkte noch einige Stunden lang nach. Doch trotz allem liebte sie Heinz mit dem gleichen Feuer, mit dem 14/18 ganze englische Regimenter bei Ypern den Kugeln der deutschen Maschinengewehre entgegenliefen. Sie ließ es sich nur nicht anmerken.

Über ihr Liebesleben wurde im Kreis der Engländer ausgiebig diskutiert, einst mußten sich leidenschaftliche Szenen abgespielt haben, aber das war zu der Zeit, als Heinz noch Gable war, nicht dokumentierte Prähistorie. Jetzt beschäftigte sich der englische Klatsch eher giftig mit logistischen Fragen, wie man es bloß machte mit so einem Bauch, *you might as well try an elephant*, und trotzdem, nicht zu glauben, wenn er sturzbetrunken auf die Tanzfläche tritt, hat er doch noch einen ganzen Schwung Mädels im Schlepptau. Falsch im Ton und falsch von Natur, wie schon gesagt. Und die Antwort auf ihre beschränkten Fragen war, dachte ich, einfach. Heinz war *fun*, und das konnte man von den meisten Männern nicht sagen. Er selbst drückte es eher seemännisch aus, was die Engländer dann aber wieder nicht verstehen konnten. Ich habe keinen Druck mehr auf meinem Ruder, sagte er einmal zu mir. Dann will man nichts mehr und fällt niemandem mehr zur Last. Ein bißchen tanzen, das ist nett. Ich seh die Mädels noch, tu aber so, als wären es Gemälde. Oder Anzeigen. Aber das war erst später.

7

Jener erste Mittag wurde das Vorbild für alle anderen. Gegen Ende des Lunchs war die Whiskyflasche leer, dann kam die Stunde der Siesta. Das ließ sich noch am besten wie die Stimmung nach einer verlorenen

Schlacht beschreiben: sauve-qui-peut, Rückzug aus Moskau. Jeder suchte buchstäblich das Weite, denn die Möglichkeiten waren begrenzt. Das Mäuerchen, das die Terrasse von den Felsen trennte, war schmal, da ließ sich Molly nieder, zwischen zwei der viereckigen Pfosten, die das Schilfdach stützen sollten. Sie lag da wie eine mittelalterliche Äbtissin in einem Prunkgrab, fehlte nur noch das Hündchen mit dem Familienwappen zu ihren Füßen. Heinz verschwand nach drinnen, wo das Ehebett oder das Ehebruchbett, je nachdem, mit einer tiefen Kuhle auf ihn wartete. Wenn andere Gäste da waren, verzogen sie sich meist an den nahen Strand, doch bei jenem ersten Mal war ich der einzige. Für mich blieb der Betonfußboden zwischen der Terrasse und dem WC.

Von dort aus konnte ich im Liegen die neuen Apartments sehen, die hügelaufwärts übereinandergestapelt wurden. Heinz hatte mir mal ein Foto von vor dreißig Jahren gezeigt, Italien in den abgetragenen Kleidern des Faschismus, Armut, zögernder Wiederaufbau, noch kein Wirtschaftswunder in einem Deutschland, das erst die Trümmer beseitigen mußte, und somit auch keine deutschen Touristen. Der Hügel eine große Steinmasse, bewachsen mit Galläpfeln, Rosmarin, Euphorbien, Disteln und wildem Knoblauch, dazwischen Heinz' einsame Fischerhütte, eine fast afrikanische Konstruktion aus einem einzigen weißverputzten Bogen, der oben spitz zulief. Die Terrasse vor seiner Hütte war sein eigener Beitrag zu den neuen Zeiten gewesen, jetzt wirkte diese altertümliche Form zwischen den kargen Neubauten wie eine Erinnerung an früher. Ich mußte geschlafen haben, denn plötzlich stand er über mir in einer zu großen Badehose, den Whisky noch in den Augen. Die Frage war, kannst du Kopfsprung? Auch davon gibt es ein Foto, denn sein Sprung war spektakulär. Er hatte sich den höchsten Punkt ausgesucht, und ich mußte mich neben ihn stellen. Auf einmal schien das wilde Wasser unter mir unangenehm tief, ich sah die gemeinen Felsvorsprünge und traute mich nicht. Er blieb stehen. Geh mal ein Stück weiter runter. So ist es geblieben, all die Jahre. Er ungefähr zwei Meter über mir, ich darunter, für mich immer noch beängstigend hoch, und sei es auch nur, weil ich nicht wußte, wie tief das Wasser da war. *Tief genug.* Außerdem mußte ich noch seinem Boot ausweichen und den Leinen, mit denen es angebunden war. *Ist keine Kunst. Ich zähle bis drei.* Auf dem Foto sehen die beiden Springer aus wie Thunfisch und Makrele, mein Schemen neben seinem gewaltigen Körper, zusammen im Vogelflug. Er sprang mit geballten Fäusten, brach das Wasser auf, ich spürte, wie eine Welle mich wegdrückte. Erst lange nach mir tauchte er wieder auf, ein lachender Satyrkopf über den sich bewegenden grauen Wasserflächen. Kein Zweifel, ein glücklicher Mensch. Aber es sollte noch schlimmer kommen, denn danach mußte ich mit ins Speedboot. Ich erinnere mich an sein Jauchzen jedesmal, wenn wir donnernd auf eine Welle schlugen, als wollten wir das Meer martern. Wer gemartert wurde, war ich. Wegen des aufspritzenden Schaums konnte ich nichts mehr sehen, von Zeit zu Zeit flog das Bügeleisen ein Stück in die Luft und klatschte dann wieder hart aufs Wasser, das wie aus Stein schien, ich wurde hin und her geschleudert und durchgerüttelt, gefangen in einem Cakewalk, auf einer Todesfahrt ohne Ziel neben einem schreienden Verrückten, der natürlich noch immer betrunken war. Selbst bei schönstem Sommerwetter und ruhigster See wollte ich diese Erfahrung nie mehr wiederholen. Ich hatte jetzt gesehen, wer er war, ein *daredevil*, der vor nichts zurückschreckte, als suchte er den kürzesten Weg, um jener anderen Todesfahrt zu entkommen, die er für sich ausgedacht hatte.

8

Er und ich, denn über mich selbst werde ich auch etwas sagen müssen, und das mache ich nicht gern, noch immer nicht. Nach einiger Zeit hat man das eine oder andere an sich selbst durchschaut, und das würde man am liebsten für sich behalten. Man schafft es nicht, aber davon träumt man: mit seinem kleinen, unbedeutenden Geheimnis zu verschwinden und die Tür hinter sich zuzuziehen. Auftrag erfüllt, wie immer der gelautet hat. Leben, wenn irgend jemand mir sagen könnte, was das eigentlich soll? Ich weiß schon lange nicht mehr, was Menschen sind, aber die letzten tausend Jahre waren auf jeden Fall ein gewaltiger Striptease für die Gattung. Aus dem Sonnensystem herauskatapultiert, die Erde in einen Hinterhof der Milchstraße verbannt, Gehirnfunktionen so ungebührlich angewachsen, daß wir alles über das wissen, was wir nicht wissen, Gott und seine Handlanger gestorben, und wir Lakaien mit auslöschbaren Namen im Dienste unsichtbarer Teilchen, damit beschäftigt, unser einziges Erbe zu verschleudern oder zu zerstören, während wir gleichzeitig in den Spiegel schauen. Das klingt natürlich nach der Abteilung Bombast, also räume ich gern den Platz für eine gefälligere Theorie. Aber wie dem auch sei, ich habe meinen Frieden damit. Zumindest vorläufig.

Die Alpen sind heute in Regenschleiern verschwunden, die Bäume schon wieder etwas grüner als an dem Tag, als ich diese Geschichte ohne Geschichte zu schreiben begann, ich höre den Regen auf dem Dach und ein paar Vögel, die gegen ihn ansingen, und fühle mich im Einklang mit dem Universum, und sei es nur, weil es noch existiert. Das scheint im Widerspruch zu dem oben Gesagten zu stehen, aber das ist es nicht. Und außerdem, Vögel versöhnen mich mit allem. Früher dachte ich, ich sei ein Dichter, doch das bin ich nur, wenn ich lese. Es dauert ein bißchen, ehe man dahinterkommt. Mein erster Gedichtband ertrank in der Flutwelle der Fünfziger, erst danach habe ich meine Berufung gefunden: Ich wurde die notwendige Ergänzung jedes Dichters, ein Leser. Davon gibt es nicht viele, nicht von Lyrik. Leser ist ein Beruf, aber davon wollen wir jetzt nicht sprechen. Ich lebe vom Schreiben. Nicht Holz macht ein Bett, sagt Aristoteles und meint damit, daß man die Dinge auseinanderhalten muß. Er hat recht, wie immer. Ein Zimmermann ist kein Bildhauer, und ich bin Zimmermann. Ich zimmere jedes Quartal eine teure Zeitschrift zusammen, ein Aushängeschild für eine jener gigantischen Kanzleien mit mindestens zehn Finanzexperten und Juristen, die die Zeitschrift selbst nicht lesen. Wer sie liest, weiß ich nicht, aber am Geld wird jedenfalls nicht gespart. Offset, die teuersten Fotografen und Designer, ein paar juristische Gurus, die ihre Aufwartung machen, und dann meine Spezialdisziplin, die Großen Namen. Kein einziger sagt jemals nein, sie stehen auf Abruf bereit. Gib den großen Fünf unserer nationalen Literatur ein abstraktes Thema und das Fünffache dessen, was sie von *De Groene* oder dem *NRC* bekommen, und sie werfen ihre freien Lanzen, todsicher. Mit dem Geld, das ich damit verdiene, kaufe ich, ohne daß sie es wissen, ihre Meisterwerke. Es gibt Formen von Glück, die für andere nicht klar ersichtlich sind, und eine davon ist die Anonymität. Vielleicht hat mich das bei Heinz angezogen. Er wußte etwas über sich selbst, und es kümmerte ihn nicht, oder, besser gesagt, er kümmerte sich nicht um sich. Das ist schlecht ausgedrückt, stimmt aber doch. In meinem Wohnturm auf der anderen Seite des IJ ziehe ich mein Theben um mich und lese. Und seit Heinz ein Haus für mich gefunden hat, fahre ich zweimal im Jahr nach Ligurien. Wie ich schon sagte, ein glücklicher Mensch.

9

Heldentaten. Ein diplomatischer Zwischenfall. Der Trick mit der Brille. Die Angst vor dem Botschafter. Das Auto zwischen zwei Mauern. Tollens. Shangri-La. Angeln. Die Gefriertruhe des Supermarkts. Niederländer. Rufen Sie nur. Negative Heroik, nichts Erhebendes, nie vergessen. Der diplomatische Zwischenfall war exemplarisch, auch durch die Art und Weise, wie er ablief. Insgeheim war Heinz durchaus stolz auf seinen merkwürdigen Titel, vor allem wenn er zusammen mit den anderen »Diplomaten« aus irgendeinem offiziellen Anlaß eingeladen wurde. Die anderen, das *Corps consulaire*, waren eine kleine Gruppe Honorarkonsuln, ein angeschimmelter Engländer, ein Spanier mit fünf Namen, ein pensionierter Amerikaner, der das zum Spaß machte, ein Franzose, der eine Schiffahrtsgesellschaft vertrat, ein Deutscher, der, wie Heinz, mit Land und Häusern makelte. Eine ihrer alljährlichen Zusammenkünfte fand auf einer Fregatte der italienischen Marine statt, die jeden September auslief, um einen Kranz ins Meer zu werfen, wegen irgendeiner Heldentat, die sich dort irgendwann einmal vor der Küste zugetragen hatte. Dabei waren ein paar Matrosen ertrunken, daher der Kranz und daher der Admiral, schon seit Jahren derselbe, schmückendes Beiwerk. Das Opfer, das Vaterland, der Friede, die Versöhnung, und dann der Kranz, der noch kurze Zeit schwamm, schließlich aber doch aufgrund des in ihm verarbeiteten Metalls langsam zu sinken anfing, wonach das Trinken beginnen konnte. September, das bedeutete, daß die Italiener noch diese weißen Uniformen trugen, auf denen ein Orden so wunderbar zur Geltung kam. Jemand, der dabeigewesen war, hat es mir später erzählt. Daß Heinz betrunken war, kümmerte niemanden, das waren sie nach einiger Zeit alle. Prosecco, Arneis, Barolo, Vinsanto, Grappa. Vielleicht war es dieses strahlende Weiß, vielleicht auch die Tatsache, daß sie beide Taucher und Segler gewesen waren, jedenfalls hatte Heinz plötzlich nach der Schüssel mit Spaghetti all'arrabiata gegriffen und sie dem Admiral mit dem Ausruf *Basta la pasta!* über den Kopf gekippt. Für einen kurzen Moment war es sehr still geworden. Durch ihren alkoholischen Stupor hindurch hatten die anderen gesehen, wie der Admiral bleich geworden und dann plötzlich aufgestanden war und den Niederlanden den Krieg erklärt hatte. Dabei hatte er Heinz in einem Würgegriff fest an sich gedrückt und auf die Wangen geküßt, wodurch die fettige rote Soße nun über beide verschmiert war, Zwischenfall beendet, noch mehr Grappa. Ohne dabeigewesen zu sein, sah ich Heinz' Gesicht. Ich kannte ihn, wenn er betrunken war, sein Blick bekam dann etwas Herausforderndes, Lauerndes, mitsamt der versteckten Freude, die zur Überschreitung gehört, und der Gefahr, die sich daraus ergeben kann. Der Trick mit der Brille gehörte zu späteren Jahren, zum Beginn von Delirium, unsicherem Gang, zitternden Händen.

Dann und wann mußte er in die Niederlande, ein Land, von dem er immer weniger wußte und begriff. Er fuhr dann in einem Rutsch bis zu einem kleinen Hotel irgendwo in der Gegend von Macon. Ich halte mich einfach am Lenkrad fest, sagte er dazu. *Kein Problem, geht von allein. Hotel zur Ehrlichen Armut.* Dort kannte man ihn und seinen durchsichtigen Trick. Wegen seines Tremors konnte er nicht mehr unterschreiben und rief dann, seine Brille sei irgendwo tief im Koffer vergraben, er müsse also erst mal kurz in sein Zimmer, um sie zu suchen. Er wußte, daß es da eine Minibar gab, trank schnell zwei von diesen kleinen Whisky- oder Cognacfläschchen, egal was, kämmte sich die Haare, unterschrieb unten am Empfangstresen und ging ins Dorf, um ein richtiges Glas zu trinken. Die anderen Geschichten waren ähnlich, fröhliche Abenteuer von strukturierter Betrübnis, wobei er sich immer öfter anstrengen mußte, um es durchstehen zu können. Ein Besuch in der Botschaft in Rom war allein schon deshalb eine Zumutung, weil er auch dort zuerst trinken mußte, um seine Hände ruhig zu kriegen. *Sonst denken sie noch, daß ich Parkinson habe, und dann kann ich's vergessen. Und ich brauche dieses Schild. Und das Vertrauen.*

10

Wie er an diese Küste gekommen sei? Angeweht. Nie etwas getaugt, keine Schule abgeschlossen. *Ich konnte nur segeln.* Das zu seinem Beruf gemacht, Schiffe von Amsterdam und Hamburg ins Mittelmeer bringen, eigentlich ein Leben wie Gott in Frankreich. *Segeln und Tauchen, das einzige, was ich konnte. Gekommen, geblieben. Ein Tanker von Onassis, etwas, was von einem Taucher untersucht werden mußte, ein Winterauftrag. Im Winter wird nicht gesegelt. Mich ein bißchen umgesehen. Jeden Tag im großen Café. Sie nennen es eine Stadt, aber eigentlich ist es ein großes Dorf. Im großen Café ein paar alte Männer.*

Männeken, sahen nach nichts aus. Spendierte ihnen immer einen Kaffee. Gern, vielen Dank. Sprachen Dialekt. Bis nach ein paar Monaten der Barkeeper sagte, Signore Cheinz, questi signori sono tutti milionari. Da saß der Großgrundbesitz der gesamten Umgebung. So bin ich da reingerutscht. Später kamen die Deutschen und die Engländer, aber ich kannte die Männer. Ich bin Cheinz. Mich haben sie lieber als alle diese englischen Schlitzohren. Ich weiß, wie ihre Kinder heißen und wer wo welches Stück Land hat.

11

Doch es gab noch einen anderen Grund. Der hatte mit den Kindern zu tun, aber darüber sprach er nicht. Philip fing davon an. Wie er das tat, bewirkte, daß das, was er erzählte, sich in grauer Urzeit abgespielt zu haben schien, einer prähistorischen Zeit, in der noch nichts schriftlich festgehalten wurde und kein Datum gesichert ist. Die Wesen, die in jener Zeit lebten, gleichen Traumgestalten aus Legenden oder Märchen, vielleicht hat es sie gar nicht wirklich gegeben. Heinz war nicht allein, als er hier ankam, sogar dieser Satz hatte einen Klang, der eigentlich nicht zu Philips Stimme paßte. Es schien, als stimmte er ein antikes Instrument, auf dem jahrelang nicht gespielt worden war. Er hob an, so sagt man dazu. Jemand habe ihn, Heinz, begleitet, und das sei Arielle

gewesen. So, wie er diesen Namen aussprach, wußte ich sofort, daß Arielle nicht nur tot war, sondern
auch, daß ihr Tod tragisch gewesen war. Ich lese zuviel, wie gesagt. Mich überrascht nichts. Wie Licht
sei sie gewesen, Arielle. Während er weitersprach,
wurde mir klar, daß dieses Licht immer noch da war.
In nichts habe sie zu Heinz gepaßt, es sei nicht gegangen. Er meinte damit: es durfte nicht sein. Eine
Elfe, eine Lichtgestalt. Das sagte er nicht, aber ich
sah es. Jemand, der nicht auf den Felsen zu Tode
habe stürzen können, weil durchsichtige Menschen
nicht sterben können. Zeichenunterricht habe sie
den Dorfkindern gegeben, und sie habe die Kinder
gezeichnet. Bei vielen Leuten kannst du die Bilder
noch immer sehen, jeder hat sie rahmen lassen. Zur
Beerdigung seien sie alle gekommen, aus der ganzen
Gegend, in Schwarz, wie früher üblich. Heinz, den
habe niemand verstanden. Der sei zu Stein geworden. Er sei zu jedem gegangen und habe nach Fotos
von ihr gefragt. Die wolle er haben. Niemand habe
sich getraut, ihm die zu verweigern. Jahre später habe er, Philip, ihn gefragt, was er damit getan hatte,
und Heinz habe aufs Meer gedeutet.

12

War es das? Saß diese Lichtgestalt neben ihm auf der Terrasse in den Wochen vor seinem Tod? War sie auch mit dabei, als er mit mir übers Meer raste, an jenem unglücklichen Tag? Als Molly seine Kinder bekam? War sie immer da? Auch wenn er nach der Siesta aus seinem Suff erwachte und sich erstaunt umblickte, als habe er die Welt noch nie zuvor gesehen und wolle sie auch lieber nie mehr sehen? Kaum begriff er, wie und was, als der Bär schon auf ihm saß, dieser Satz gehörte dazu, und den Bären bekam man nur los, indem man kopfüber ins Wasser sprang. Ist das zu einfach? Bestimmt, aber welche Methoden stehen uns eigentlich zur Verfügung, um in das Leben eines anderen vorzudringen, um Geheimnisse zu decodieren, Gedanken zu entwirren, hinter Masken zu schauen? Die Armut, die wir von schlechten Filmen oder möglicherweise auch nicht viel besseren Romanen geerbt haben, die Psychoklischees aus den Zeitschriften, imaginäre Couches, auf denen wir selbst nie würden liegen wollen, Spiegel, in denen keine einzige Wahrheit sichtbar wird, weil Lügen immer stärker sind. Log Heinz, weil er nie etwas sagte? Trank er, weil er unentwegt log? Hatte er eine immer wieder verschobene Verabredung mit dem Tod, und war er erleichtert, als dieser endlich kam? *Hier paßt Lachen.* Das war auch etwas, was er regelmäßig sagte,

und er hatte recht. Hier paßt Lachen, laut und ho-
merisch. Ich formuliere es immer eine Idee schöner.
Ein Wort zuviel. Hier paßt Lachen, Idiot. *Komm mir
nicht zu nahe.* Aber er sagte es nicht.

13

Arielle. Der Name geisterte damals in mir weiter.
Einmal wagte ich Heinz verhüllt danach zu fragen,
etwas in der Richtung, wie lange bist du schon mit
Molly zusammen, aber er hatte es sofort durchschaut
und wurde, wie Philip gesagt hatte, zu Stein, durch
und durch Abwehr. Als ich Philip noch einmal fragte, wurde er nicht zu Stein, sondern zu Nebel. Nein,
wann genau das gewesen sei, wisse er nicht mehr. Sie
sei, sagte er, so gründlich verschwunden, wie jemand
nur verschwinden kann, von dem man eigentlich nie
etwas gewußt hat. Heinz sei mit ihr angekommen,
habe sie aber nicht zirkuliert, so drückte er sich aus.
Es fiel mir auf, weil es so ein merkwürdiges Wort
war – zirkulieren hat schließlich kein Akkusativob-
jekt –, vor allem aber, weil damit ein postumer Vor-
wurf laut wurde. Heinz hatte sie für sich behalten, sie
hatten sie eigentlich kaum gekannt, aber gerade das
hatte offenbar so einen großen Eindruck gemacht.
Sie war eine Erscheinung gewesen, und wieder ging
es um eine Art Epiphanie, plötzlich Licht in sehr viel

Dunkelheit, man hatte es kaum gesehen, da war es schon fort. Und jetzt war sie also wirklich fort, so fort, daß es schien, als wäre sie nie dagewesen. Als ich fragte, was für eine Stimme sie gehabt habe, wurde er unwillig. Ich war eindeutig zu weit gegangen. Stimme, Stimme? Muß ich das jetzt noch wissen? Ich sah, was er dachte. Warum will jemand wissen, was für eine Stimme eine Frau hatte, die schon so lange tot ist. Das war irgendwie krank. Ja, immer unwilliger, er sei bei der Beerdigung gewesen. Im nächsten Dorf, wo Heinz damals gewohnt habe. Ende des Gesprächs, aber durchaus eine Geschichte für den Kricketclub. Diese Niederländer sind alle verrückt. Weißt du, was dieser Idiot mich gefragt hat? Was für eine Stimme sie hatte. Und wo das Grab liegt, wollte er auch noch wissen. Heinz ist ja schon verrückt, aber seine Freunde sind noch verrückter.

Das Grab. Mein Leben ist nie ohne Lyrik, ich weiß nicht, wie andere das machen. An dem Tag hatte ich Montale gelesen, den habe ich immer bei mir, wenn ich in Ligurien bin. Tintenfischknochen, Tintenfischskelett, der Band, der sich hier abspielt, ich weiß nicht, ob man das sagen kann. Spielt ein Gedichtband sich ab? Die Sonne war mörderisch an jenem Tag. Jemand hatte mir den Weg gezeigt. An der Kirche vorbei, eine lange Zypressenallee. »Sieh dir die Formen an, die das Leben annimmt, wenn es auseinanderfällt«, so etwa heißt es in einem der Gedichte in diesem Band, und das Gedicht davor beschreibt, was ich gerade tue. Lyrik, wie dunkel sie auch sein mag, ist immer wortgetreu. Ist für mich immer wortgetreu. Ich bin der Leser, ich entscheide. »Und dahingehend in der bestürzenden Sonne, spürst du voller Verwunderung, daß das ganze Leben und sein Schmerz daraus besteht, daß man an einer Mauer entlanggeht, obenauf die zerbrochenen Scherben von Flaschen.« Hinter dieser Mauer Ulmen, der schwache Duft von Rosen, die Stille der Toten. Ich war der einzige auf dem Friedhof, keiner da, den ich fragen konnte, aber ich fand sie sofort. Jemand hatte frische Blumen auf ihr Grab gelegt. Heinz konnte es nicht gewesen sein, das wußte ich. Jemand, der alle Fotos ins Meer wirft, geht nicht zu einem Grab. Kleiner Stein, wenige Buchstaben. Arielle van de Lugt, zweimal ein Hauch der Stimme ohne Klang. 1940-1962. Wie verschwunden bist du, wenn jemand nach vierzig Jahren noch Blumen auf dein Grab legt? Sieh dir die Formen an, die das Leben annimmt, wenn es auseinanderfällt.

14

Vor zehn Uhr morgens brauchte man Heinz nicht zu suchen. Danach in seinem Büro oder in der Bar Liguria, der Bar von Amleto. Es gibt in Italien nicht eben viele, die Hamlet heißen, aber wenn man Amleto fragte, wie er zu seinem Namen gekommen sei, zeigte er auf ein Porträt über der Bar, ein fleischiges Gesicht über einem Priesterkragen. Zwischen Kinn und Kragen ein monumentales Doppelkinn, eine lange, ununterbrochene Bahn. Amleto, Kardinal Ottaviani. *Mein Vater wußte nicht, wer Hamlet war, aber er war sehr kirchlich. Er hat gehofft, ich würde Priester.* Heinz allein machte schon ungefähr die Hälfte von Amletos Umsatz aus. Wenn ich in der Gegend war, schaute ich immer kurz bei ihm im Liguria vorbei. Ich hatte beschlossen, ihm nichts von meinem Besuch am Grab zu erzählen. Er saß hinten in der Bar, vor sich einen großen Campari. *Mein Frühstück, mein täglich Brot. Erfunden von einem Niederländer. Wenn man ihnen das hier erzählt, werden sie giftig. Adrianus der Sechste, der letzte ausländische Papst vor diesem Polen, du weißt schon. Kam aus Kampen, brachte seinen eigenen Magenbitter mit, Campari.* Aber Heinz war nicht fröhlich. In der Bucht war ein Niederländer ertrunken, und er konnte keine Angehörigen erreichen. *Im Meer haben sie keine Papiere bei sich, und am Strand stand nur ein Korb mit einem Handtuch. Ich habe ihn erst mal in die Tiefkühltruhe im Supermarkt gelegt. Meistens will die Familie nicht kommen, und wenn es keine Versicherung gibt, wollen sie ihren Toten auch lieber nicht wiederhaben. Der ist dann für mich. Trägt mir einen kleinen Sonderbonus vom Außenministerium ein, ist aber*

*nicht lustig. Komm morgen mal mit. Kannst du mich bei
der Arbeit sehen.*

Nein, lustig war es wirklich nicht. Leichenwagen
mit unrasiertem Fahrer. *Stellt mir immer eine ordentliche
Rechnung aus, und die teilen wir.* Ich war der erforderli-
che Zeuge. *Sonst muß ich einen anheuern, aber jetzt hab
ich dich.* Wir fuhren hinter dem verbeulten schwarzen
Hondalieferwagen her, in Heinz' genauso verbeul-
tem Fiat. *Letzte Woche, auf dem Heimweg nach der Disco.
Angehalten worden. Eh! Signore Cheinz, Ihr Haus liegt in
der anderen Richtung! Nur das Wenden klappte nicht so gut.
Da war eine Mauer, die sie eigens für diese eine Nacht hinge-
setzt hatten. Und gelacht, die Burschen. Aber ich mußte nicht
pusten. Narrow escape.*

Der Niederländer entpuppte sich als Tierarzt, ohne Frau, ohne Kinder. Ein Freund, der nicht aufzu-
spüren war, nur entfernte Verwandte. Und nein, er
habe immer gesagt, sie sollten ihn da lassen, wo er
hinfiel. Sie hatten einen armseligen Strauß geschickt,
zusammen mit dem vom Ministerium und mei-
nem sah es doch noch nach etwas aus. Wir folgten
dem Sarg. Es wurde schon warm, Heinz schwitzte,
in den Hügeln ist nicht April, sondern August der
grausamste Monat, auch wenn das Meer in der Nähe ist. Zwei Arbeiter, Zigarette im Mund, waren an
einem offenen Grab zugange, legten aber das Tuch
mit dem Schädel, das sie in der Hand hatten, sofort
hin, Heinz begrüßte sie. Zwei Totengräber mit ih-

rem Yorick, in den Augen der Glanz des Trinkgelds oder des Schnapses, den sie gleich bekommen würden. Jetzt mußte der Sarg geöffnet werden. Heinz schob die durchsichtige Plastikfolie beiseite. *Schauen!* Ich schaute. Etwa fünfzig, grämlich, kahl. Unzufrieden, als passe ihm der Tod nicht recht. Der Anblick dauerte nur einen Moment. Heinz gab ein Zeichen, und die Männer schoben den Sarg in die Mauer. Ich dachte daran, daß er nicht wußte, daß ich in derselben Woche das Grab seiner Frau gesehen hatte.

Ruhe in Frieden. Hörte ich ihn das wirklich sagen? Ich sah ihn an. Er hatte seine herausfordernde Miene aufgesetzt. *Das sage nicht ICH. Das sagt der Staat der Niederlande. Hier darf er zehn Jahre liegen, dann ist die Pacht abgelaufen. Dann ist er ganz verschwunden. Was sie danach damit machen, weiß ich nicht. Mußt du die beiden da fragen. Zermahlen, verbrennen. Vielleicht Kunstdünger. Nie gefragt. Komisch, nicht.* Was er mit dem letzten Satz meinte, weiß ich nicht. Komisch, daß er nicht wußte, was man mit diesem ausgetrockneten Körper tun würde, oder komisch, daß ein Leben so endet, daß man einen Toten beisetzt, den man nicht kennt und dessentwegen keiner kommt? Ich dachte daran, daß das Grab seiner Frau nicht geräumt worden war und jemand also noch immer die Miete bezahlte.

Aber wie fängt man davon an, wenn der andere nicht weiß, daß man selbst von diesem Grab weiß. Liguria, Amleto ohne Yorick, Lunch am Hafen, nach

Hause, Kopfsprung, Whisky, Singen, Lachen. Ein fröhlicher Konsul, ohne Zweifel. Und gearbeitet, Pflicht erfüllt. Landsmann in die Mauer geschoben.

15

Auflösung? Keine. Dies ist das wirkliche Leben, da gibt es so etwas nicht. Alkohol agiert, wirkt, frißt, attackiert, medizinische Unterlagen sind auch Romane. Kriegsgeschichten. Eine Leber kann viel aushalten, aber nicht alles, keine Grabenkämpfe, keine Fallschirmjäger hinter den Linien, keinen ständigen Blitzkrieg. Vor meiner Abreise in jenem letzten Sommer hatte Heinz mit dem Rauchen aufgehört. Man kann eine Verabredung auch verschieben. Die Felsen rings um seine Fischerhütte lagen voll mit den Plastikmundstücken der gräßlichen Zigarillos, die ich immer für ihn aus Holland mitbringen mußte. *Jagen Sie Ihre Gäste mit Wipro aus dem Haus.* Von einem Tag zum anderen, zack! Die ganze Schachtel auf den Grill gekippt, Schnitzel nicotina. *Was willst du? Frage der Willensstärke. Du mußt einfach einen Entschluß fassen.* Aber den anderen Entschluß hatte er nicht gefaßt. Manchmal, kurz, halbherzig. *Nichts Hochprozentiges mehr, nur noch ein bißchen Rosé.* Ein bißchen Rosé, das waren sechs Flaschen. Läuft nur so durch, sagte Molly. *Limonade. Schadet nichts, aber es gibt dir auch kei-*

nen Kick. Die ersten Nachrichten kamen im Herbst. Ich rief ihn an. *Nein, es geht nicht gut. Sie haben mich eingeholt.* Wer sie waren, sagte er nicht, aber es klang, als würde er sie schon sehr lange kennen. *Kaum begriff er, wie und was, als der Bär schon auf ihm saß.* Ich rief Philip an, durch die Leitung konnte ich sehen, wie er mit den Achseln zuckte. *He's been working at it all his life, hasn't he?*

Er kam in die Niederlande. *Ich muß noch das eine oder andere regeln.* Nein, er war kein Schatten seiner selbst. Von außen war er derselbe, trotzdem anders. Was sich bei ihm abspielte, passierte irgendwo *in* diesem großen Körper. Dieser enorme Leib, den ich bisher immer nur im Süden gesehen hatte, machte ihn zu einem vollkommen Fremden. Kein Tropenhemd mehr, sondern ein abgetragener, schon längst zu klein gewordener Blazer mit Messingknöpfen, Larener Golfclub, irgend so was. Vergangene Zeiten. Ein merkwürdiges Wappen auf der Brusttasche. Aber das Schlimmste war sein Gesicht. Die Zähne waren doppelt so groß geworden, das Weiße in den Augen gelb wie die Haut. Nur das Lachen war intakt. An draußen gewöhnt, zu laut für eine Amsterdamer Kneipe. *Für mich ein Mineralwasser.* Es stellte sich heraus, daß er nicht versichert war. *Nicht wirklich.* Wie meinst du das, nicht wirklich? *Na ja, gar nicht. Honorarkonsul, du verstehst?* Mein Freund, der Internist, war bereit, ihn sich anzusehen. Resultat: Wenn er hier bleibt, hat er eine kleine Chance, aber mehr auch nicht. Und wenn ich ehrlich bin, eigentlich keine. Wird ein Kalvarienberg. Hast du ihm das gesagt? So nicht, aber er hat die Botschaft verstanden. Als habe er es schon gewußt. Entweder sind sie fassungslos, oder sie wissen es schon. Wie dem auch sei, er wollte nicht hierbleiben.

16

Er wollte zurück auf seine Terrasse. *Bißchen aufs Meer schauen.* Am Abend vor seiner Abreise kam er bei mir vorbei. *Du wohnst ja fürstlich. Alles gut in Schuß. Was ist das?* Das war ein Foto von Tonga. Was ich da zu tun hätte? Einen Artikel für mein Blatt schreiben. Über die Datumsgrenze. Das interessierte ihn. *Irgendwo muß diese Grenze doch sein. Nie wirklich drüber nachgedacht. Das heißt, wenn du einen Schritt zurücktrittst, ist es gestern?* Hängt davon ab, wo du stehst. Wenn du dich dann wieder umdrehst, ist es morgen. Das wollte er ausprobieren. Er stand mit diesem großen Körper mitten in meinem Zimmer, starrte auf einen Fleck, den nur er sah, und setzte den Fuß zurück. *Gestern! Macht das die Leute da nicht völlig verrückt?* Er nahm das Foto von der Wand und betrachtete es aufmerksam. Palmen, niedrige weißgestrichene Holzhäuser, ein paar Fischerboote in einem kleinen Hafen. *Da fahr ich hin.* Eine Woche später rief er an, um mir zu erzählen, daß sie auf Tonga einen König hätten. *Aber das hast du natürlich schon gewußt.* Von dem Moment an war Tonga das Thema jedes Gesprächs. *Muß noch ein paar Häuser verkaufen, aber dann fahr ich.* Von seiner Krankheit kein Wort. *Geht schon. Weißt du, daß der König da ungefähr eine Tonne wiegt? Und Adlige gibt's auch. Seine Mutter war sehr berühmt, das war eine Riesin. Queen Salote. Bei ihm ist's in die Breite gegangen.* Und Molly? *Molly ist bei den Kindern in England. Wann kommst du? Oktober ist hier ein phantastischer Monat. Können wir ins Wasser springen.*

Die richtigen Berichte kamen von Philip. Daß man es nicht mehr mit ansehen könne. Daß Molly geflüchtet sei. Daß er den ganzen Tag nur aufs Meer schaue und keine Behandlung wolle. Fast niemand gehe ihn mehr besuchen. *Sie finden es gruselig. Er schwafelt nur noch von Tonga, meiner Meinung nach ist er ein bißchen verrückt geworden. Sieh es dir selbst an, wenn du den Mut dazu hast.* In der wirklichen Welt mußte ich noch ein Blatt machen. Deadline bekam in diesem Zusammenhang einen eigenartigen Beiklang. Wirkliche Welt ist übrigens auch nur eine Redensart, aber im Vergleich zu Heinz' letzten Plänen nahm das Wort »wirklich« eine andere Bedeutung an. Er wollte Bauer werden auf Tonga. *Dafür bekommt man Subventionen aus Europa. Alles wächst da wie von selbst, wie Kohl. Wenn du mich fragst, da steckt Geld drin. Sehr gesunde Nahrung.*

Kohl und Fisch, mehr brauchst du nicht. Kohl auf Tonga.
Ich bestehe aus Buchstaben, sie kommen immer von
selbst. Montaigne: »Ich will wohl, … daß der Tod
mich dabei antreffe, daß ich meinen Kohl pflanze,
aber gleichgültig über seinen Zuspruch.« Der Tod ist
auf französisch eine Frau, das hätte Heinz gefallen.
Und vielleicht war er es ja, der sich nicht um sie kümmerte. Er hat uns nichts darüber wissen lassen. Er
hatte Tonga.

17

Es war bereits November, als ich endlich fahren
konnte. Wilder Wind, das Flugzeug hatte Mühe,
zu landen. Er war nicht im Konsulat, nicht im Liguria. Amleto wirkte ernsthaft bekümmert, soviel
war deutlich. Das Arschloch! Er will nichts, nichts!
Wir haben gesagt, wir bezahlen den Arzt, aber nein!
Wir haben es mit ein paar Freunden zusammenge-
kratzt, aber er tut so, als wüßte er nicht, wovon wir
sprechen. Er geht nach Tonga! Gerade er! In einem
Sarg geht er nach Tonga. Arschloch! Scheiße, Kak-
ke, mierda, und dahinter das gesamte südländische
Fäkalrepertoire, als wäre sein Freund noch zu ret-
ten, wenn man ihn damit einschmierte. Der Vizehonorarkonsul Ihrer Majestät saß auf seiner Terrasse.
Das Meer war wütend, von Hineinspringen konnte

keine Rede sein. Heinz begrüßte mich, als hätte er mich vor fünf Minuten zuletzt gesehen. Seine Stimme kam aus einer Totenmaske. Ich verstand, was die Freunde gruselig fanden. Es war die Stimme von immer, in einem Körper von nie mehr. Das jagt einem Angst ein. Das Meer, so grau, wie ich es nie gesehen hatte, schlug an die Felsen. Es war wie bei jenem ersten Mal mit dem Speedboot. In die kleine Grotte unter seinem Häuschen klatschte das wilde Wasser hinein und kam mit einem düsteren Schmatzen wieder heraus, wie ein gewaltiges Pfeifen und Saugen wirkte es, ein unsichtbarer Riese kaute und spuckte, die Natur spielte auf hundert Orgeln zugleich, ich sah, wie die enormen grauen Wogen hochgehoben wurden, auf uns zustürmten und wieder zurückfielen in ein großes, zurückweichendes Loch, das sich einen Moment später erneut mit einer wogenden bleifarbenen Wassermasse füllte. Wegen des Lärms hörte ich es nicht gleich, aber Heinz sang. Er sang mit dem Wind, es war eher Jauchzen als Singen. Er sah mich an mit seinem Blick von früher. Er brauchte Montaigne nicht zu lesen, egal, wer oder was ihn bedrohte, er kümmerte sich nicht darum. Er war glücklich, oder so schien es. Erst da sah ich die Taube. Sie saß, klein und grau, mit zerzausten Federn in einer Ecke der Terrasse. Ich erinnerte mich, daß Philip davon gesprochen hatte. *Sitzt da jeden Tag mit dieser blöden Taube. Tauben gehören nicht ans Meer. Ich habe dort noch nie eine Taube gesehen. Krähen auch nicht. Das sind dort Ausländer. Wenn es wenigstens eine Möwe wäre. Oder, noch besser, ein Albatros. Die sagen einem doch Bescheid, wenn das Spiel aus ist, oder?* Zerzauste Federn. Kann vom Wind kommen. Aber hier sah es so aus, als habe jemand die Taube gegen den Strich gestreichelt, die Federn standen ein bißchen in die Höhe, als fröre das Tier. Heinz bemerkte meinen Blick. *Meine Gesellschaftsdame. Kommt jeden Tag, seit ich aus Holland zurück bin. Komisches Viecherl. Hat Menschenaugen.* Ich schaute. Die Taube schaute zurück. Aber ich weiß nie, was ich in Tieraugen sehe. Oder, besser gesagt, ich sehe etwas, womit man nicht reden kann. Man sieht eine Glasmurmel, oder man sieht das All, aber man kann nichts damit anfangen. Was immer sich da abspielt, es geht einen nichts an. Man versuche es mal in einem Zoo, bei den Löwen, den Affen, den Eulen. Man kann schauen und schauen, es kommt nichts zurück. Nicht so bei Heinz. *Ich führe richtige Gespräche mit ihr.* Und, ohne Übergang: *Ich muß dir was zeigen.* Ich sah, daß er Mühe beim Aufstehen hatte. Er schlurfte ins Haus. Der Windstoß, der hineinfuhr, fegte eine große Karte vom Tisch. Tonga. *Nicht wegfliegen. Hiergeblieben.* Er strich die Karte glatt. Wir betrachteten den Archipel. Tongatapu. Toku. Tafali. 171 Inseln, verloren im unendlichen Blau des Ozeans. Er summte. *Ich kann's nicht erwarten.* Ein paar Tage blieb ich, danach mußte ich weg. Als ich kam, um mich zu verabschieden, saß die Taube auf dem Rand der Terrasse, an der Stelle, an der Molly sich sonst aufzubahren pflegte. *Ich hab gesagt, sie soll in England bleiben. Sie wird immer nervös von der Tramontana. Bringt viel salziges Wasser mit. Wird alles feucht, mag sie nicht. Ich wohne jetzt hier, wie früher. Das Haus habe ich vermietet. Zigeuner, was.* Er blickte mir nicht nach, als ich ging. Von fern sah ich ihn vor dem noch grellen Sonnenlicht sitzen, der Schatten eines Mannes mit dem Schatten einer Taube. Nicht lange danach wurde er von einer Ambulanz abgeholt und nach England geflogen. Von Andrea bekam ich die Telefonnummer des Krankenhauses, in dem er lag, ein Ort am Meer, Mollys Mutter wohnte in der Nähe. Einmal habe ich ihn noch angerufen. *Wenn ich hier rauskomme, geh ich nach Tonga. Ich schick dir eine Karte.* Erst ungefähr zehn Tage, nachdem alles vorbei war, hatte Molly die Nachricht versandt, Heinz sei in aller Stille auf dem Friedhof ihres Dorfes beerdigt worden. Endlich hatte sie ihn für sich allein. Ich konnte mir die Zeremonie vorstellen. Vikar, Hymnen, oder wie aus einem wilden Holländer ein englischer Toter wird. Philip erzählte, daß die Taube noch eine Zeitlang jeden Tag gekommen sei und dann plötzlich nicht mehr. Molly sei in England geblieben. Andrea habe das Häuschen leergeräumt, ein einziges Tohuwabohu, eine Art Räuberhöhle. Nein, eine Karte von Tonga hätten sie nicht gefunden.

18

Ein paar Sommer lang fuhr ich nicht nach Ligurien. Ob ich mein Haus behalten wollte, wußte ich nicht. Philip fand in jeder Saison Mieter, Andrea sorgte dafür, daß es im Winter gelüftet wurde, weil sonst alles verschimmelt wäre. Ich bin mir nicht sicher, ob es an Heinz' Tod lag, jedenfalls blieb ich auf der anderen Seite der Alpen. Erst nach fünf Jahren fuhr ich zum erstenmal wieder hin. Nach ein paar Tagen lud mich Andrea plötzlich zu einem Ausritt ein. Ich bin kein Reiter, das weiß sie. *Ich habe eigens ein zahmes Pferd für dich ausgesucht.* Natürlich sprachen wir von Heinz und von Molly. *Molly hat mit großer Hingabe angefangen, eine alte Frau zu werden. Sie strengt sich wirklich an. Ist eine traditionelle Rolle, schon seit ein paar Jahrhunderten. Alte Engländerin in Italien, komische Nummer.* Sie parierte ihr Pferd durch. Wir ritten über den hohen Bergpfad oberhalb des Dorfs. Von dort kann man das Meer sehen, die Bucht mit Heinz' Häuschen. Auch an dem Tag war das Meer wild. Sie drehte sich zu mir um. Ihr Gesicht unter der roten Samtmütze braun und starr. Auch sie war älter geworden, allerdings nicht mit Hingabe. Immer noch ritt sie jeden Sonntag Turnier. *Heinz wollte allein sein mit seinem Tod, so simpel war das. Dafür brauchte er uns nicht. Er hat es immer gewußt, seit Arielle.* Sie ließ ihr Pferd eine halbe Wendung machen, damit sie mich besser ansehen konnte. *Nie-*

mand hat je begriffen, was Arielle für ihn war. Eine Spinn-
webe. Ich weiß, wie idiotisch das klingt, aber das war es. Man
konnte sie kaum anfassen. Sie war ätherisch, wenn du willst,
oder durchsichtig, aber Spinnwebe, das trifft es besser. So ähn-
lich wie wenn jemand sehr schön singt, aber in einem anderen
Zimmer. Das war es, was die Männer erregt hat, allen voran
Philip. Aber das war es auch, weswegen Heinz sie für sich
behalten wollte.

19

Ich bin wieder auf der anderen Seite der Alpen, wo
ich diese Geschichte erzähle. Jetzt sehe ich mir das
Foto noch einmal an. Der Hund, der Häuserverkäu-
fer, Andrea, Philip, Heinz, keiner hat sich bewegt.
Sie stehen da, festgefroren in der Zeit, sobald sie
sich bewegen, erzählen sie meine Geschichte. Ich
blicke auf Heinz' Gesicht und würde gern etwas von
dem sehen, was ich gerade berichtet habe. Aber es
ist unsichtbar. Der Alkohol, das Lachen, die Taube,
der Tod, Tonga, es ist da, weil es da war, weil ich
es weiß, aber das gilt für keinen anderen. Es bleibt
unsichtbar. Wenn einer dieses Foto irgendwo findet
und die Menschen nicht kennt, behalten sie ihr Rätsel. Solange sie nicht sprechen, sind ihre Augen die
Augen von Tieren, man kommt nicht hinein. Und
wer mich betrachtet auf diesem Foto, was sieht der?

Das gleiche. Nichts. Oder eine Interpretation, die die Wirklichkeit nicht deckt, was immer das sein mag. Er oder sie kann etwas sagen über Alter, über Kleidung, über Mode und damit über die Zeit, meinetwegen auch noch über Charakter, aber alles ist Hypothese, erdacht. Literatur, wenn man so will, Fiktion. Wir sind unsere Geheimnisse, und wenn es mit rechten Dingen zugeht, nehmen wir sie dorthin mit, wo niemand ihnen nahekommt.

Ende September

Suzy wiegt nur noch achtundvierzig Kilo, es darf also nicht zu stark wehen in der breiten Straße, die zum Meer führt. Tamarisken, Pinien, Ficusgewächse, es peitscht und knarrt. *Stay the course*, murmelt sie und stemmt ihre zerbrechliche linke Schulter gegen die Windstöße, die vom Meer her an Land springen. *Stay the course*, das hatte der Vizeadmiral immer gesagt, den sie hier in seinen letzten Lebensjahren versorgt hat, nachdem seine Frau gestorben war. Annabelle, ihre Freundin seit Internatszeiten. Nahtlos war der Übergang zu Tisch und Bett gewesen, sofort nach der Beisetzung. Sie hatten Annabelle in die Friedhofsmauer geschoben, wo er jetzt neben ihr lag, danach hatte er seinen alten Triumph zu Suzys Haus in dem anderen Dorf gesteuert. In Wales, woher sie alle stammten, hätten sie das nie getan. Etwas skandalös war es schon, aber sie hatten die Sache mit Annabelle besprochen, kurz bevor sie sich auf Zehenspitzen aus dem Leben schlich. Eine Kerze, die verlischt. Zuletzt hatte sie kaum mehr einen Ton herausbringen können. Ach, hatte sie mit ihrer wegwerfenden, vornehmen Stimme geflüstert, *don't make a fuss about it*, wir sind schon so alt, die einzigen, die was sagen werden, sind die Donnerstagsleute, und was kümmern euch die. Donnerstags traf sich alles, was englisch war, im Städtchen, um Bridge zu spielen, zu schwatzen und auf die Spanier zu schimpfen. Annabelles Kleider, das war noch am schwierigsten gewesen. Pringle-Cashmere-Pullover, die hatte sie nicht wegwerfen können. Sie hatte sie reinigen lassen und eine Weile in den Wind gehängt, damit Annabelles Chanel N° 5 sich verflüchtigte, er hatte nichts davon mitbekommen. Oder vielleicht doch, aber jedenfalls nichts gesagt. Im Bett war nichts mehr los, es ging um Wärme, das fand sie in Ordnung. Und was die Leute im Dorf redeten, kümmerte ihn nicht. Er war der *almirante*, das bedeutete hier noch etwas. Das war etwas anderes als der Pöbel, der heutzutage mit easyJet einflog und sich halb nackt in den Straßencafés besoff. Sie verstand ja Spanisch noch besser als das, was da gesprochen wurde. Er war nicht lästig gewesen. Hauptsache, er bekam seinen *Daily Telegraph* und seinen Famous Grouse und durfte vom Krieg erzählen. Heiraten wollte er nicht mehr und sie auch nicht, sie hatte noch die Pension ihres Mannes, der schon so viel länger tot war. Ebenfalls bei der Marine gewesen, wenn auch kein Vizeadmiral. Das Haus hatte er ihr überschrieben, das konnte sie irgendwann verkaufen und in eines der kleinen Apartments ziehen, die ein Stück entfernt an der Küste gebaut worden waren.

Ende September, aber es wirkte wie Oktober. Alles kam früher in diesem Jahr. Ohnehin tat sie sich schwer mit der Jahreszeit. Spanien war kein Winterland. Notgedrungen wurde man wieder so englisch wie möglich, alles ins Haus, Terrassentüren geschlossen, gemütliche Lampen, *scones* und Tee mit einem kleinen Schuß Rum. Sie mußte kurz stehenbleiben. In der Ferne sah sie Luis aus der Bar Estrella treten, um zu schauen, ob sie schon im Anmarsch war. Draußen auf den Blechstühlen saß niemand, also würde Luis wohl schlechtgelaunt sein. Wieder ein Tag ohne Trinkgeld. Vier Tische auf dem Bürgersteig, mehr nicht, aber wenn da gar keiner saß, wirkte es plötzlich groß und traurig. Herbst, das bedeutete nicht nur, daß es früh dunkel wurde, sondern auch, daß man für die *Mail* – den *Telegraph* las sie nicht – in die Stadt mußte. Sie konnte noch Auto fahren, aber wenn es nicht wegen der Zeitung wäre, würde sie daheim bleiben. Zweimal die Woche in den Supermarkt, das war genug, man konnte alles einfrieren. Und die Donnerstage natürlich, ganz ohne ging es nicht. Sie hörte das Meer. Das Ende der Straße mündete abrupt in ein kahles Feld, auf dem im Sommer wilder Knoblauch wuchs, zumindest nannte sie es so. Lange Stengel mit einer violetten Kugel obendrauf, wenn man mit einem Messer ein bißchen in der Erde stocherte, konnte man sie mühelos herausziehen. Er hatte sie deswegen immer ausgelacht. Der Knoblauch selbst war, eng verkapselt, von einer weißen papierartigen Hülle umgeben. Hatte man sie abgezupft, hielt man die kleinen, harten Zehen in der Hand, die wiederum in einer braunen Haut steckten. Sie waren ein wenig klebrig, aber Suzy hatte das immer mit Genugtuung erfüllt, etwas, was von selbst wuchs und gratis war. Er mochte keinen Knoblauch, aber für Quiches verwendete sie in der Regel ein bißchen, davon nahm er dann doch ein Stück. Weiter hinten wurde das Feld viel steiniger, bis es schließlich nur noch Fels war, an dem sich das Meer austobte. Als er noch gut zu Fuß war, wollte er vor dem Essen immer dorthin. Dann standen sie eine Weile da, lauschten und schauten. Ich weiß genau, was das Meer sagt, meinte er, verriet aber nie, was. Sie liebte das Geräusch. An diesem Tag paßte es zu den Wolken, großen, dicken, fetten Ungetümen. Er hatte immer ein Fernglas dabeigehabt, für den Fall, daß ein Schiff vorbeikam. Manchmal durfte auch sie hindurchschauen. Heute war das Meer zu wild, weit und breit kein Schiff. Die Fischer blieben an Land, sie hatte die kleinen Boote in der Bucht hinter dem Haus liegen sehen, doppelt vertäut wegen des angekündigten Sturms.

Luis, der gerade noch draußen gestanden hatte, war jetzt wieder nach drinnen verschwunden. Sie wußte, daß er nur kurz nach ihr Ausschau gehalten hatte.

Das gehörte zum Spiel, eine Vereinbarung, die nie ausgesprochen worden war. Wenn keine anderen Gäste da waren, blieb er in der Bar, bis sie auf ihrem Stuhl saß. Erst dann kam er heraus. Sein Chef, ein großer, dicker Mann, der mit dem jämmerlichen Schwänzchen hinten am ansonsten kahlen Kopf aussah wie ein alternder amerikanischer Drummer, war nirgends zu sehen, der stand in der Küche und bereitete die *tapas* zu, die sie nicht mochte. Zuviel Öl. Sie warf einen Blick in die Bar. Luis gab vor, beschäftigt zu sein, schob kleine Teller hin und her. Ihretwegen brauchte er das nicht zu tun, er wußte, daß sie nie etwas aß, höchstens ein paar Mandeln. Sie stellte ihr weißes Täschchen auf den Tisch und holte die Dunhill-Schachtel heraus. Die Tische waren unscheinbar, aber sie liebte den aluminiumartigen Glanz der Platte, das Täschchen hob sich hübsch davon ab, und das Rot und Gold der Schachtel paßte farblich zu dem Ring, den sie von Annabelle hatte. Ihren Händen schenkte sie immer viel Aufmerksamkeit. Es waren alte, weiße Hände, das wußte sie selbst, doch wenn man die Nägel sorgfältig lackierte, fielen die dünnen blauen Adern nicht so auf, und wenn man die Hand dann zwischen das Täschchen und die Schachtel legte, konnte man sie mit Freude betrachten. Früher hatte sie sich nie groß um derlei gekümmert, aber jetzt, seit sie alle Zeit der Welt hatte, waren diese Dinge wichtig geworden. Luis erschien an ihrem Tisch. Er hatte ein sauberes braunes Hemd an. Diese Hemden gehörten zu seiner Uniform, er trug nie etwas anderes. Sie wußte, daß er keine Frau hatte, aber die Hemden waren immer gut gebügelt. Schwarze Hose, ausnahmslos. Schwarze Schuhe. Er hatte kleine Füße. Ein englischer Schuh hätte ihm besser gestanden, nicht dieses spanische Gelump. Mochte der Admiral auch gewußt haben, was das Meer sagte, sie wußte dafür immer, wie es um Luis stand. Nicht gut. Eigentlich brauchte er gar nicht herauszukommen, es war klar, was sie bestellen würde. Aber auch das war Teil ihres Spiels. Wenn sonst kein Gast auftauchte, würde er ihr alles erzählen, was ihr ohnehin schon bekannt war. Ihr Spanisch war dürftig, doch sie hatte seine Geschichten so oft gehört, daß sie sie *ihm* erzählen könnte. Und außerdem, sein Englisch war gleich Null, sie verstand ihn kaum, also waren sie quitt. Im Grunde mußte sie gar nicht zuhören, es war wie früher in der Kirche, Worte, die man irgendwie kannte und die über einen hinwegfluteten wie eine Predigt oder eine Litanei. Hier gehörten sie zum Meer in der Ferne, zum braunen Hemd, zum glatt zurückgekämmten Haar, das hinten zu lang war. Im letzten Jahr hatte an dieser Stelle noch der Sohn des Besitzers gestanden, das waren andere Gespräche gewesen, doch der war in diesem Jahr nicht wiedergekommen. Zuwenig los. Sie zündete sich eine Zigarette an. Das rosa Tuch hätte sie mitnehmen sollen, das hatte Annabelle auch immer so gut gestanden. Lady Annabelle. Ihre Hand zitterte ein wenig, aber das lag am Wind. Luis hatte drinnen die Musik etwas leiser gestellt. Dann würde er den Gin Tonic bringen, ein Glas mit viel Eis und zwei Zitronenscheiben anstatt einer, daneben das Tonic. Diese beiden Scheiben, daran hatte er sich erst gewöhnen müssen. Sie mochte auch lieber Nordic Mist als Schweppes. Der Gin kam dann besser zur Geltung. Den Nordic Mist kauften sie nur für sie, man hatte ihr deutlich zu verstehen gegeben, daß das eine Gunst war. Wenn der Besitzer nicht da war, bekam sie mehr Gin, wieviel mehr, hing von Luis' Stimmung ab. Je niedergeschlagener, desto mehr, so einfach war das. Dann kam die erste Frau aufs Tapet, danach die zweite, dann die Kinder. Zu letzteren gehörte dieser Ausdruck, den sie abends, wenn sie im Bett lag, manchmal wiederholte. *Romper la intimidad.* Aber der fiel erst beim zweiten Gin. Wie er genau zu übersetzen sei, da war sie sich noch nicht schlüssig. Die Intimität zerbrechen? Klang sehr unenglisch. Aber vielleicht würde eine Spanierin auch nicht unbedingt den Pullover ihrer toten Freundin tragen. Übrigens hatte sie auch jetzt etwas von Annabelle an, eine Bluse mit kleinen rosa Röschen, von Laura Ashley. Gott, Annabelle. Die war schon beim ersten Gin immer gleich völlig hinüber gewesen. Sie hörte, wie Luis drinnen Eis in das hohe Glas gab, und als sie das Glas sah, wußte sie sofort, daß sie seine Stimmung richtig eingeschätzt hatte, da paßte kaum noch Tonic hinein. Das bedeutete, er hatte Pläne. Sie dachte über ihren Eröffnungszug nach.

Nicht viel los heute, wie's aussieht. Er zuckte die Achseln. Auf diesen einen Satz von ihr würden mindestens zehn von ihm folgen. Der Zehn-zu-eins-Mann, so hatte sie das für sich genannt. Ja, es war eine Scheißsaison (*temporada de mierda*). Er hätte nie herkommen sollen. In Sevilla war es jetzt noch knallheiß und hier schon Winter. Der Besitzer hatte gestern ausgerechnet, daß der bisherige Gewinn um sechstausend Euro niedriger lag als im Vorjahr. Hätte er diese blöde Anzeige bloß nie gesehen. Allerdings hatte er jetzt auf eine andere geantwortet, in Oviedo. Wenn seine erste Frau ihn nicht ausgeraubt hätte, besäße er noch seinen eigenen Laden. Oviedo, da tranken sie Cidre, zum Kotzen. Aber das waren auch keine richtigen Spanier. In Asturien, da gab es noch Bären. Dann konnte man gleich nach Sibirien. Ein Sevillaner hatte in solchen Gegenden nichts zu suchen. Nur – ihm blieb keine andere Wahl. Das Leben hatte ihm nun mal schlechte Karten zugeteilt.

Sie nahm einen Schluck. Das war der schönste Augenblick des Tages, wenn die Welt kippte. Ein wohliges Gefühl durchströmte sie. Paßte auch zu seinem Lamento. Bevor sie eine Zigarette genommen hatte, stand er schon mit seinem Feuerzeug bereit. Zuviel Wind. Mistinsel, würde er jetzt sagen und ihr dann einen Schuß vor den Bug verpassen. Bumm. Ich denke, wir machen dieses Jahr früher zu. Sie hörte den anderen Satz darunter, der zum zweiten, genauso wunderbaren Schluck gehörte. Und dann hast du das Nachsehen, du alte englische Schnepfe, dann gibt es hier gar nichts mehr. Sie dachte kurz nach, sog an der Zigarette, entließ den Rauch in die wilde Luft und sagte im selben Atemzug den Satz, auf den er wartete, nein, das darf doch nicht wahr sein? Doch er war bereits auf seiner Schiene. Jetzt kamen die Kinder dran. Die lebten auf Mallorca, aber dort war er nicht willkommen. Sie nahm einen kleinen Schluck und wartete auf den Satz und gleichzeitig auf das Gesicht, das er dazu ziehen würde, denn dann machte er seine Kinder nach. Das würde *romper la intimidad.* Die Kinder hatten zusammen *intimidad,* und die würde er *romper.* Wo er doch seine Mutter bis zu ihrem Vierundachtzigsten im Haus gehabt hatte, aber tja, früher gab's das nicht, *intimidad.* Und mit seiner ersten Frau schon gar nicht. Die war im übrigen gleich nach dem Tod seiner Mutter verschwunden, keine Lust auf Haushalt. Er ging hinein, angeblich um einen sauberen Aschenbecher zu holen, doch sie wußte, daß er hinter der Bar einen Schluck Whiskey nahm. Sie zählte, wieviel Zigaretten sie noch hatte. Hm. Den Mist, den er rauchte, mochte sie nicht.

Angebrannte Pappe mit weißen Filtern, fühlte sich trocken an auf den Lippen. Genau die Zigaretten, die zu dir passen, du Clown, dachte sie und sagte: Ich hoffe doch, ihr haltet noch ein bißchen durch, ohne euch wird es so leer sein. Sie warf wieder einen Blick in ihre Schachtel. Nur noch drei, und sie fuhr erst morgen in die Stadt. In dem Augenblick raste ein offenes blaues Auto durch die Straße und bremste kreischend, dicht am Meer. Der wäre am liebsten weitergefahren, sagte Luis. Dann wäre hier endlich was los gewesen. Das Auto wendete und fuhr bis vor die Bar. Deutsches Nummernschild. Überlaute Musik mit tief dröhnenden Bässen und einer gellenden hohen Frauenstimme, ein Mensch, der in irgendeiner Maschinenfabrik schreckliche Foltern erduldete. Ob es noch was zu essen gab? Sie goß ein wenig Tonic nach. Jetzt würde es viel später werden. Mußte sie eben versuchen, wach zu bleiben. Vielleicht ein Film auf Sky.

Oder doch noch einen bestellen? Die Deutschen parkten. Plötzlich hörte man das Meer wieder. Komisch, Deutsche, die kein Spanisch sprachen und es auf englisch versuchten, das klang wie in einem Kriegsfilm. Jawohl, Sir. Luis brachte ihnen zwei Bier und schleimte eine Weile bei ihnen herum. Das war für Suzy bestimmt. Er brauchte sie nicht, lautete die Botschaft. Als er endlich an ihren Tisch zurückkehrte, fing er mit dem Teil an, der schon dran gewesen war. Ob sie Oviedo kenne? Nein, sie kannte Oviedo nicht und war auch gar nicht neugierig darauf. Wenn du da hingehst, komm ich dich bestimmt mal besuchen, sagte sie und stand langsam auf. Der Wind hatte an Stärke zugenommen, sie schwankte. Das Geld hatte sie bereits auf den Tisch gelegt, unter einen kleinen Teller, damit es nicht wegflog. Luis stand bei den Deutschen, mit dem Rücken zu ihr. *Stay the course*, Suzy, murmelte sie. Jedenfalls konnte jetzt keiner denken, das komme vom Alkohol. Aber es war sowieso niemand auf der Straße. Sie hielt sich an den Hauswänden fest. Wenn er nichts sagte, wußte sie nicht, woran sie war, aber sie würde doch etwas bereitlegen. Das war ihre größte Kunst, wie aus Versehen etwas bereitzulegen. Einen silbernen Löffel hier, eine kleine Flasche Famous Grouse neben dem Telefon, nur einfach Geld war zu primitiv, es mußte Stil haben und gleichzeitig wie ein Versehen wirken. Das letzte Mal, das war frech. Da hatte er Annabelles silbernes Feuerzeug mitgenommen. So war es nicht gedacht gewesen, aber sie hatte nichts gesagt. Sie hatte den Fernseher angelassen, die Stimmen waren schon auf dem Flur zu hören. Als sie ins Wohnzimmer trat, blieb sie einen Augenblick stehen. Zuviel Licht, sie würde die große Schirmlampe ausmachen. Sollte sie sich jetzt ausziehen oder nachher? Bis zwölf würde sowieso nichts passieren. Sie sah noch zu, wie drei Menschen gleichzeitig erschossen wurden, und ging dann ins Schlafzimmer. Im Bett fiel ihr ein, daß sie nichts bereitgelegt hatte, doch da hörte sie bereits seine Schritte auf dem Gartenweg und ums Haus. Das Außenlicht machte sie immer aus, es war nicht nötig, daß ihn jemand sah. Flur, Wohnzimmer, eine Katze im Dunkeln. Ein alter, dreiundsechzigjähriger spanischer Kater in schwarzen spanischen Schuhen, die besser englische Schuhe hätten sein sollen. Es war bereits hell, als sie aufwachte. Sie schaltete die Nachrichten auf BBC World ein. Bagdad, Darfur, Gaza, Kabul, sie hörte nie richtig zu, liebte aber den Klang, die sanften englischen Stimmen, die einen zu Tagesbeginn in die Welt einhüllten, ohne daß es weh tat. Neunundsiebzig war sie geworden, und solange sie denken konnte, hatte sie sie immer gehört. Nachrichten gab es jeden Tag, genau wie das Wetter. Sie stand langsam auf und schaute aus dem Fenster. Aus dem Radio tönte die Welt, und hier sah sie sie, eine leere Straße voller Blätter. Der Wind hatte sich gelegt, ein gehorsamer Hund. Alles stimmte. Auf dem Tisch stand ihr weißes Täschchen, offen. Das Portemonnaie war leer. Sie versuchte sich zu erinnern, wieviel darin gewesen war, wußte es aber nicht mehr. Kleine Kanaille, dachte sie, und während sie in die Küche ging, um Wasser für den Tee aufzusetzen, nickte sie Annabelles Porträt in dem silbernen Rahmen auf dem großen Schreibtisch zu. Im Aschenbecher daneben lag eine Kippe mit weißem

Filter. Annabelle lachte aus dem Totenreich zurück, ein zwiespältiges, halb anerkennendes Lächeln. Aber bei Annabelle wußte man nie.

Der letzte Nachmittag

*P*lötzlich war er tot.

An den Moment sollte sie sich stets erinnern, weil er mit solch klaren Bildern einhergegangen war. September, die Sonne schon etwas tiefer, der Schatten der Zypresse, der bis an die Gartenmauer reichte, die Schildkröte, die langsam auf den Hibiskus zugewatschelt war, auf der Suche nach der ersten Blüte, die herabfiele. Es war eine Verabredung zwischen ihr und der Schildkröte. Immer in der letzten Stunde des Nachmittags, die gleichzeitig das Tor zum Abend war. Auf Sardinien wurde es früher dunkel als in den Niederlanden, weil man hier dem Äquator näher war. Das hatte er ihr erklärt. Die Bewegung des Lichts war ihm wichtig gewesen. Licht lebte, er sprach darüber wie über eine Person, mit der er persönlich etwas zu schaffen hatte, die ihm etwas antat. Manche Tage gefielen ihm nicht, dann war etwas mit dem Licht, was sie natürlich nicht sah. Dieses Gefühl hatte es immer gegeben, daß er mit unsichtbaren Dingen lebte, Dingen, an die sie nicht herankam und die sie auch nicht benennen konnte. Drei Jahre waren sie zusammengewesen. Ihre Welten hatten nie etwas miteinander zu tun gehabt, das einzige, was sie verband, war, daß sie nicht in den Niederlanden leben wollten und ihrer Arbeit auch hier, auf diesem alten Bauernhof, nachgehen konnten. Er war eines Tages als eine Form des Zufalls in ihrem Leben aufgetaucht, ein Mann auf einem Pferd, der über die niedrige Mauer in ihren Garten geschaut und ihr zugewinkt hatte.

Sie hatte ihn anziehend gefunden, weil sie seinen Beruf (Geld) mit einigen Dingen, die er sagte, nicht in Einklang bringen konnte, so als sei irgendwo in diesem großen, handfesten Körper auch noch ein Dichter verborgen. Im Bett war er auf ziemlich unbeholfene Weise gut gewesen, genauso wie er, dachte sie jetzt, auch zu seinem Pferd immer freundlich gewesen war.

Sie schaute auf die Schildkröte. Es gab hier mehrere, doch diese war die einzige, die sie immer sofort erkannte. Auch darin war er anders gewesen. Einmal hatte er versucht, es ihr zu erklären. Er hatte die Schildkröte mit ausholendem Griff gepackt und auf den Tisch gehoben. Das Tier hatte seinen Altmännerkopf eingezogen, so daß nur noch Panzer da war, über den er dann mit den Händen gefahren war. Hier, hatte er gesagt, und hier. Sie hatte die dunklen Flecken auf dem grünen Panzer betrachtet, auf die er deutete, und versucht, das Muster zu erkennen, das er vor Augen hatte, aber als sie am nächsten Morgen eine der Schildkröten im Garten sah, hatte sie nicht mehr gewußt, ob es dieselbe war oder eine andere.

Diese hingegen kannte sie, weil sie sie hatte kennen wollen. Eines Tages, als das Tier ruhig neben dem Hibiskus saß, hatte sie ein Farbfoto von ihm gemacht und so bearbeitet, daß nur der Panzer geblieben war und das ganze Bild ausfüllte. Dieses Foto hatte sie vergrößern lassen und in ihrem Arbeitszimmer aufgehängt. Ein abstraktes Gemälde, hatten Freunde lobend gesagt, warum machst du nicht mehr in dieser Art? Auch er hatte das gedacht, wie sie wußte, es aber nie ausgesprochen.

Die Schildkröte war jetzt nah beim Hibiskus. Sie schien eine Vorliebe für den flammendroten zu haben. Den gelben, ein Stück entfernt, überließ sie offenbar den anderen. Anfangs hatte sie es merkwürdig gefunden, daß Schildkröten Blumen mochten, als gebe es einen unüberwindbaren Abstand zwischen diesen ätherischen, hauchdünnen Blütenblättern und dem fast fossilen Alter des Tiers. Der Hibiskus war ihre Lieblingspflanze. Es war neben dem üppigen Plumbago und der Bougainvillea, die beide eigentlich kein Wasser brauchten, die einzige Pflanze, um die sie sich im Sommer kümmern mußte. Es war auch die einzige, die sich dafür erkenntlich zeigte, die jeden Tag eine Geste machte, wie sie es für sich nannte.

Die Sommer schienen immer trockener zu werden, und manchmal durfte man nicht gießen, aber das konnte ihrem Garten wenig anhaben. Aloen,

Kakteen, eine in alle Richtungen strebende Yucca, Palmen, Pinien und diese eine Zypresse, sie blieben sich immer gleich, holten sich das wenige Wasser, das sie benötigten, tief aus dem Boden. Nur der Hibiskus bekam jeden Tag neue Blüten, die aussahen wie blutrote Schmetterlinge und sich in der Stunde, in der sie aufstand, plötzlich mit einer seltsamen inneren Kraft weit öffneten, am Ende des Tages starben und auf die trockene braune Erde fielen, wie jetzt.

Alles an Schildkröten war merkwürdig. Die Art und Weise, wie sie sich jetzt auf diesen archaischen Vorderbeinen mit den seitwärts gerichteten Füßen auf die Blüte zubewegte, war eigentlich eine Art Krabbengang. Die Blüte hatte sich bereits vor dem Herabfallen zusammengerollt, als habe sie sich wie in ein Leichengewand in sich selbst gehüllt, weil sie wußte, was ihr bevorstand. Die Frau, die sie betrachtete, verspürte ein leichtes Schaudern. Sie hätte an dieses tägliche Ritual gewöhnt sein müssen, erlebte es aber noch immer als vage Form von Schmerz, wenn die Schildkröte ihren gepanzerten Kopf zur Blüte reckte. Rot war diese jetzt nicht mehr, eher ein zusammengerollter Schmetterling von der Farbe getrockneten Bluts. Sie sah die kleinen, ausdruckslosen Knopfaugen im hornartigen Panzer, sah, wie sich das eigenartige, lippenlose Maul öffnete und wie die Kiefer die Blüte zu zermalmen begannen, und wieder, wie vor einer Viertelstunde, als der Schatten der Zypresse die aus aufgeschichteten Steinen errichtete Mauer erreicht hatte, war sie sich sicher. Der Mann, mit dem sie hier jahrelang gelebt hatte und der vor einigen Jahren gestorben war, war jetzt tot. Er hat lange dafür gebraucht, dachte sie und wußte zugleich, was er dazu gesagt hätte. Er hätte es umgedreht. Sie hörte seine Stimme, die leichte, ein wenig verächtliche Ironie, die nach dem ersten Gin Tonic immer einen zusätzlichen Beiklang bekommen hatte.

Du hast lange dafür gebraucht, Liebste. Konntest du nicht Abschied von mir nehmen?

Die gleiche Stunde, die gleiche Verabredung. Sie mit der Schildkröte, die Schildkröte mit dem Hibiskus, er mit dem Gin Tonic. »Um mich gegen den Abend zu wappnen.«

Rätselhaft war ihr das gewesen, ein Mann, der Angst vor dem Abend hatte, weil ihm angst war vor der Nacht. Aber es stimmte. Sie hatte nicht Abschied von ihm nehmen können. Sie trank noch einen Schluck von ihrem Gin Tonic.

»Und meine schlechten Angewohnheiten hast du auch übernommen.«

Was sollte sie darauf erwidern? Daß er bereits zu Lebzeiten weit weg gewesen war, aber damit noch nicht tot? Tot war er erst jetzt, in diesem geheimnisvollen Augenblick, da der Schatten der Zypresse an der Mauer hochkroch. Wie war es möglich, so etwas genau zu wissen? Es handelte sich also, dachte sie, um drei Augenblicke. Den des Abschieds, den seines Todes und diesen langen jetzigen Augenblick, in dem sie begonnen hatte, ihn zu vergessen, in dem er zu einem Schemen geworden war, sein wirklicher Tod.

Ein Schemen, dieser Ausdruck gefiel ihr. Ein Schemen, der jetzt über die Mauer verschwinden konnte, am Feigenbaum vorbei und dann über die nächste Mauer, über das Feld, auf dem der Esel der Nachbarn stand, der jetzt zu schreien begann, als grüße er ihn. Dieses Geräusch hatte er ebenfalls nicht ausstehen können. Die tiefen, langgedehnten Laute, die nach einem unermeßlichen Kummer klangen und stets mit einem seltsamen Murren endeten, als wolle das Tier einen unwirschen Strich unter all das Leiden setzen.

Wie einfach das alles war! Sie saß da, ohne sich zu bewegen. Ob die Schildkröte sie jetzt ansah, wußte sie nicht, zumindest hatte sie den Kopf in ihre Richtung gedreht. Die Kiefer mahlten noch immer, ein letztes Stück Rot hing ihr obszön aus dem Maul. Gleich würde sie sich umdrehen, die vier albernen Beine einzeln in Bewegung setzen und dann langsam wegwatscheln, bis sie nicht mehr zu sehen war. Irgendwo unter den trockenen Steinen der Mauer mußte sie wohnen, aber sie hatte sie nie eingeladen. Noch eine, die sie nicht brauchte. Sie lachte, hörte sich lachen in der Stille des Gartens. Keine Antwort. Leises Geraschel von Palmblättern, das war alles. Schildkröten, dachte sie, leben, wenn sie klein sind, unter der Erde, an dem Platz, der eigentlich den Toten gehört. Vielleicht kam diese ja zu ihr, weil sie sie irgendwann dort gefunden hatte, aber mit Sicherheit war das nicht zu sagen. Beim Hacken war das gewesen, plötzlich hatte sie zwei, drei winzige Schildkröten zutage gefördert. Sie war verblüfft gewesen, doch er hatte ihr erklärt, daß sie die erste Zeit ihres Lebens unter der Erde verbringen. Danach hatte er die Tiere aufgehoben und über die Mauer geworfen. Ursache und Wirkung. Konnte man den Beginn von etwas ausrechnen? Konnte man sagen, daß es einen Augenblick gibt, an dem ein Abschied beginnt? Und ist es der, in dem man sich zum erstenmal fragt, warum man mit jemandem zusammenlebt, der Schildkröten über die Mauer wirft, der sich vom Licht einschüchtern läßt, der Angst vor dem Abend hat? Sie schrieb Kinderbücher, die sie selbst illustrierte. An diesem Tag hatte sie mit einem Buch über drei kleine Schildkröten begonnen, denen sie drei katholische Vornamen gegeben hatte, aber sie hatte es ihm nie zu lesen gegeben. Er hätte die Rache nicht verstanden, sie hatte sich etwas Drastischeres ausdenken müssen, und das war ihr besser gelungen als erwartet. Deine Frau in den Armen von Beppo, dem Postboten, das passiert dir auch nicht alle Tage. Der Postbote ein

Beau, der jeden Morgen auf seinem Rennrad die Post bringt und ein Glas mit dir trinkt. Mit dem du über dieses Arschloch Berlusconi redest, der sich gemeinsam mit dir die Beisetzung des Papstes anschaut, der dir die Klatschgeschichten aus dem Dorf erzählt und mit dem du in der Bar Italia rumhängst. Mit dem! Und dann noch auf einer Wiese, sehr passend mitten im kratzigen Unkraut unter einem Feigenbaum, nur ein kleines Stück von dem Pfad entfernt, auf dem du gerade vorbeireitest, etwas, das sich hinter der Mauer bewegt und das du von oben siehst, der braune Rücken, das schwarze Haar und darunter das andere, blonde, und dieses Gesicht, das mit weit geöffneten, sehr holländischen blauen Augen ohne das leiseste Erschrecken oder die leiseste Scham zurückblickt und dich bestraft für drei tote Schildkröten und drei Jahre Ironie.

Es war dunkel geworden, aber sie saß immer noch da, ohne sich zu rühren. Daß sie lachte, konnte jetzt niemand mehr sehen. Sie war an jenem Tag ein paar Stunden später nach Hause gekommen. Er hatte in seinem Arbeitszimmer an seinen Computern gesessen, wie immer verbunden mit den Börsen der ganzen Welt. Sie hatte eine Zeitlang hinter ihm gestanden, hatte zugeschaut, wie sich die abstrakten Zahlen auf dem Bildschirm hin und her bewegten. Das war der Abschied gewesen. Am nächsten Tag hatte er

wie immer die Post am Gartenzaun entgegenge-
nommen und mit Beppo ein Glas Wein getrunken,
danach war er gegangen, ohne daß noch ein Wort
gesprochen worden wäre. Nicht lange danach war
er gestorben, als hätten sie es so abgemacht, und
jetzt, heute nachmittag, war er hinter der Mauer verschwunden, als hätte es ihn nie gegeben.

Sie stand auf und ging ins Haus. In ihrem Arbeitszimmer strich sie kurz über das Foto der Schildkröte. Sie hörte ihre eigenen Schritte auf dem Weg zur
Küche, blieb einen Augenblick stehen und lauschte,
wie still alles war.

Paula

I

*I*ch glaube nicht an Geister, aber dafür an Fotos. Eine Frau will, daß man an sie denkt, und sorgt dafür, daß man ein Foto von ihr findet. Wenn sie nur genug vernachlässigt werden, sind Tote dazu imstande. Vielleicht sollte ich das anders ausdrücken: Wenn sie der Meinung sind, daß man sie zu sehr vernachlässigt hat, sind sie dazu imstande. In meinem Fall stimmt das nicht, ich denke regelmäßig an Paula. Wie das bei den anderen ist, weiß ich nicht, ich sehe sie so gut wie nie, nur noch ganz selten, per Zufall. Gilles ist tot, Alexander hat endlich sein Studium abgeschlossen und ist Vertrauensarzt bei der Rentenversicherung in Groningen, Ollie lebt in Amerika, der Doktor soll krank sein. Von denen hat sie dann wenig, und Paula ist zweifellos eine unruhige Tote. Es wird folglich auf mich hinauslaufen. Vielleicht mangels besserer Alternativen, aber immerhin.

Gut, Paula, hier bin ich also, ich denke an dich, da bin ich gut drin. War ich damals auch. Und ich habe nie damit aufgehört. Lebe seit Ewigkeiten wieder allein, habe schon vor Zeiten allen überflüssigen Kram weggeworfen, aber anscheinend nimmt das nie ein Ende, noch immer finde ich alles mögliche. Leere Wohnung, modernes Apartmenthaus, keine Belästigung durch Nachbarn, ruhig, Blick auf den Polder, oberstes Stockwerk. Selten Besuch, der sich dann unbehaglich umsieht, wie Katzen, wenn sie sich noch nicht sicher sind, wo Gefahr lauern mag. Bett, Tisch, Stuhl, alles schlicht. Minimalistisch, hat der Baron bei seinem einzigen Besuch gesagt, mit diesem gezwungenen Lächeln, das er dann hat. Er kam wegen einer alten Spielschuld, sah sich um wie ein Gerichtsvollzieher, als würde er etwas zwangsversteigern lassen, wenn ich nicht zahlte. Ich hatte nicht vor, zu zahlen, damals nicht und heute nicht. Auf diesen Besuch hatte ich Jahre gewartet, ich wußte, der Baron würde eines Tages kommen, in dieser Hinsicht hat er sich nicht geändert. Keine Ahnung, wie es um dein Gedächtnis bestellt ist, dort, wo du jetzt bist, aber den Baron kennst du bestimmt noch. Ihr habt immer phantastisch miteinander getanzt, vor allem zu den Stones. Das sind jetzt auch alte Männer. Er bewegte sich dann in einer Art mechanischer Trance, wie ein aufgezogener Roboter. Du bist wie ein Lumpen um ihn herumgewedelt, aber im letzten Moment hat er dich immer noch gepackt, zusammen wart ihr eine faszinierende Maschine, alle schauten zu. Und jetzt schaue ich wieder. Dein Foto steht aufrecht vor der weißen Wand. Sieh mal einer an, da haben wir Paula, sagte der Baron, als er das Zimmer betrat. *Long time no see.* Ist ja wie in einem Zenkloster hier, hat er auch noch gesagt, aber ich bin nie in einem Zenkloster gewesen. Ich wollte alles weghaben, weg und weiß. Bin beinahe soweit. Besuch bekomme ich nie, also reicht ein Stuhl zum Lesen. Einer zum Lesen, zum Essen. Alle meine Wände sind weiß, vielleicht kannst du es sehen. Keine Ahnung, was ihr seht oder nicht seht. Ich hasse frühe Fotos von mir, aber womöglich ist das bei dir anders, du kannst nicht älter werden, also hast du nie anders ausgesehen. Wie lange ist das her, vierzig Jahre? Fünfundvierzig? Auf dem Cover der *Vogue* war dieses Foto, darauf waren wir alle stolz, auch die Mädels. Nichts ist an diesem Foto älter geworden, du nicht, das Foto selbst auch nicht. Letztes Jahr bist du auf einmal zwischen alten Zeitungen aufgetaucht, Provo-Bewegung, Parolen wie »Klaas kommt«, solcher Blödsinn. Spinnweben. Du willst dir nicht vorstellen, daß das alles wirklich passiert ist. Monatelang hatte ich zu tun, es war wie ein Militärfeldzug. Koffer, Schränke, Mappen, diese Seemannskiste mit den Tagebüchern kam als eines der letzten Stücke dran, und darin warst du. Das fliegt dann demnächst auch noch alles ins Feuer, nur das Foto nicht. Du schaust hinaus, stützt dich mit dem linken Ellbogen gegen den Fensterrahmen und hältst den Unterarm nach oben, so daß die Hand mit der eben angezündeten Zigarette ungefähr über deinem Kopf schwebt. Das ginge heutzutage nicht mehr bei der *Vogue*, Rauchen, und diese eigentlich zu kurzen Fingernägel auch nicht. Es war ein freches und geiles Foto, schon damals, und auch heute noch. Kein Busen, ein Jungenkörper. Um den Oberkörper ein straff gewickeltes weißes Band, das war damals offenbar Mode. Es sieht aus, als hättest du dich einer Brustamputation unterzogen. Das busenlose Wunder, sagte der Baron. Und der Schriftsteller hatte auch was beizutragen, *ihre fast Knabenbrust*, eine Gedichtzeile, ich weiß nicht, von wem. Die dunkle Hose bis kurz unter den Nabel, rechte Hand in der Tasche, die Haut überall mit den Wassertropfen bedeckt, die wie Tränen an der Fensterscheibe hängen. Der Hintergrund ist dunkel, du trittst leuchtend aus ihm hervor, den Mund leicht geöffnet, die Augen auf etwas draußen gerichtet, ich kann nicht zu lange hinschauen. Du stehst da im Totenreich, und gleichzeitig willst du noch etwas mit deinem halb geöffneten Mund. Ich höre deine Stimme, diesen Klang, den wir alle noch auf dem Sterbebett erkennen würden, rauh, heiser, Alkohol, Rauchen, etwas davon kam immer schon, bevor du etwas sagtest, ein Hauchlaut, der deiner Stimme voranlief. Hau-hau, und dann begann das gnadenlose Einspinnen, dem sich niemand entziehen konnte. Lebensgefährlich beim Poker, mit dieser Stimme machtest du aus einer hoffnungslos schwachen Hand noch ein Full house.

Ich setze mich genau vor dich. In einer Wohnung mit lediglich einem Stuhl bedeutet das etwas anderes als in anderen Wohnungen. Dein Foto habe ich jetzt auf die Fensterbank gestellt, du bewegst dich mit mir mit. Ein paar große Kieselsteine an den unteren Rand, damit du nicht wegrutschst. Draußen ist es trübe, das paßt zu den Regentropfen an deiner Scheibe. So hast du Regen vor dir und hinter dir. Ich bilde mir ein, daß du mich siehst, vermute aber, dem ist nicht so. Ist vielleicht besser, du würdest mich ohnehin nicht mehr erkennen. Darum spreche ich auch nicht laut, obwohl das in dieser Konstellation eigentlich merkwürdig ist. Ich höre hier nie jemanden, und niemand hört mich. Glaube ich.

Wir lebten im süchtigen Jahr. So nannten wir damals jedes Jahr, denn süchtig waren wir, und wir wußten es. Eine Nacht ohne Slof war keine Nacht, ich spüre noch, wie meine Hand die Karten aus dem Schlitten zog, wenn ich die Bank hatte. Ich spüre es, und ich höre das Geräusch. Als du zum erstenmal auftauchtest, hatte ich die Bank. Die Linke auf dem Schlitten, den beiden hohen Holzrändern, die Rechte zugriffsbereit, Finger schon auf der vordersten Karte. Offiziell heißt das Spiel Bakkarat oder Chemin de fer, aber wir hatten unsere eigene Variante, mit eigenen

Regeln, und wir nannten es Slof, das reichte. Wenn irgend möglich, spielten wir jeden Abend Slof, so auch an jenem. Es war wie immer etwas schummrig im Zimmer, so daß der Tisch sich in einem Lichtkreis befand und man eigentlich nur noch die Gesichter darum herum richtig sehen konnte. Es hatte geklingelt, jemand hatte geöffnet, wer nicht selbst spielte, schaute sich um, und es wurde still, wie es nur dann geschah, wenn Fremde auftauchten, Leute, die wir nicht kannten. Du kamst in niemandes Begleitung, das war nicht üblich, aber wir fragten nicht nach, das entsprach nicht unserem Stil. Ich hatte die Hand auf den Kartenschlitten gelegt. Wir mochten es nicht, wenn sich das Spiel verzögerte, aber hier mußten zunächst Begrüßungen ausgetauscht werden. Dann hörten wir zum erstenmal diese Stimme. Cinco habe dir die Adresse gegeben, sagtest du. Cinco, siehst du den noch vor dir? Den ewigen Einzelgänger? Karierte Tweedmütze, lebendes Inventar im Hoppe? Einst im Gemeinderat auf der Liste für den Verkehrssicherheitsverband, weil wir ihn alle gewählt hatten. Hau-hau. Cinco, der selbst nie mehr kam. Inzwischen auch tot. Diesen Refrain wirst du wohl noch öfter hören. Nicht zu ändern, gehört jetzt zu meinem Leben. Ich nahm die Hand vom Schlitten und sagte, wieviel in der Bank war. Hundert Gulden. Vielleicht gleich so forsch, um dich zu beeindrucken. Das war damals noch eine Menge Geld. André saß links von mir. Sonst immer vorsichtig, aber jetzt Suivi. Ich zog die Karten, sah sie mir an. Zwei Neunen und eine Sechs, das konnte nicht schiefgehen, Traumhand. Über die Köpfe hinweg betrachtete ich dein Gesicht, den gierigen Ausdruck. Und ich war nicht der einzige, auch der Baron, Gilles, Nigel, sogar Tico und das Wunderkind. Und die Frauen schauten, wie die Männer schauten. Federn gesträubt, Krallen gewetzt. Es hat eine Weile gedauert, bis du die auch untergekriegt hattest. Nein, das ist nicht richtig. Bis sie dich liebten, so wie wir. Hau-hau, aber für die Frauen klang es anders, rauher, tiefer, lieber. Ich hielt die Bank ungefähr zehnmal. Zweihundert, vierhundert, achthundert, jedesmal Banco, bis ich Chocolat nehmen konnte. Du hattest es rasend schnell gelernt. Suivi, avec. Mit 'nem Vogel in der Heck'. Das sagte der Schriftsteller dann immer, wir warteten schon darauf. Du verlorst wie verrückt, aber beim letzten Mal, als wieder achthundert drin waren, sagtest du Banco.

Für einen Moment wurde es still. Langsam zog ich die Karten. Du hieltest sie, wie du es wahrscheinlich in einem Film gesehen hattest. Zunächst ließest du sie aufeinander, als ob es nur eine wäre. Dann nahmst du sie ganz dicht an dich heran und hieltest sie dir direkt vor die Brust. Erst danach hobst du sie langsam hoch vor deine Augen, schobst sie gerade weit genug auseinander, um zu sehen, was du hattest. Hau, sagtest du, und das bedeutete Karte. Das war das erste Mal, daß ich gegen dich verlor. Von da an gehörtest du dazu. Aber es so auszudrücken ist nicht genug. Es war, als hättest du schon immer dazugehört. Paula, ach, die kennen wir schon seit Jahren.

Jahre? Wie lange diese Zeit genau gedauert hat, weiß ich nicht, nur, daß nach deinem Tod alles schrumpfte. Was in der Welt passierte, Vietnam, Straßenschlachten in Amsterdam, Hausbesetzungen, Kalter Krieg, die H-Bombe, der Club of Rome mit seinen apokalyptischen Prognosen, die erste Ölkrise, Prag 1968, wir verfolgten es zwar, aber von fern.

Der richtige Krieg war für die meisten noch nicht so lange her, es war klar, daß neue Konflikte aufgetaucht waren, die zu noch größeren Katastrophen führen würden, aber, so meinte Nigel, das werden ganz andere Katastrophen, nicht solche, über die man sich jetzt aufregt. Die ruhige Gewißheit, mit der er das sagte, überzeugte vielleicht deshalb, weil er immer gewann, weniger weil er mehr gewußt hätte als wir. Und außerdem, wir hatten andere Dinge im Kopf. Nigel kam aus der Mathematik, das ist Ordnung. Und die Welt war Unordnung. Wir waren ein diffuses Grüppchen, doch das Spiel war übersichtlich.

Das Haus von Dodo und Gilles lag in Amsterdam-Zuid hinter einem Kanal, der ein wenig jämmerlich versuchte, wie eine echte Gracht auszusehen, damals jedoch im Grunde noch eine Trennungslinie zwischen der Stadt und allem außerhalb von ihr war, so daß man, wie der Schriftsteller sagte, immer das Gefühl hatte, einen Schloßgraben überwinden zu müssen, um ins Schloß Dodo zu kommen. Der Schriftsteller hieß nicht so, weil er schrieb, sondern weil er so hieß. Daß er auch noch schrieb, kam hinzu. Den Baron hatte Wintrop mitgebracht, sie machten zusammen irgend etwas mit Aktien, worüber sie aber nie sprachen, nicht einmal mit André und Gilles, die Börsenmakler waren oder gewesen waren, das wurde nie ganz deutlich. Nichts war deutlich, darauf lief es im Grunde hinaus. Es gab keine Hierarchie. Das jüdische Wunderkind studierte, um Chirurg zu werden, Nieges handelte mit zweifelhaften Antiquitäten, Merel hatte ein kleines Reisebüro mit Dritte-Welt-Zielen im Stadtteil De Pijp, Nigel, der nicht zu seinem Namen paßte, weil er aussah, als hätte er sein ganzes Leben in Dostojewskis Kellergeschoß zugebracht, finanzierte sein Mathematikstudium mit Pokern in einem Club, in den wir nicht durften, Tico war Vertreter für Chartreuse und eine obskure Champagnermarke. Den Doktor nannten wir so, weil er kein Doktor geworden war. Kennst du sie noch? Ollie gehörte zu André, sie blieb in Texas, als er starb. Abwesende und Tote, das ist meine Gesellschaft.

Merel und Tico sind, glaube ich, noch immer ein Paar, sie leben wie ich in dem, was ich den Dämmerbereich nenne, oder sind, besser gesagt, genausowenig wie ich je aus ihm herausgekommen. Einige haben wirklich Geld verdient, einige hatten schon immer welches, andere, wie ich, kratzten es hier und da zusammen, aber es war nie ein Thema. Woher du Geld hattest, wußte ich nicht. Gemodelt hast du nur hin und wieder, aber Geld hattest du irgendwie immer. Der Schriftsteller schrieb Bücher, die wir nicht lasen, der Baron war irgendwo Amtsrichter, das jüdische Wunderkind wurde tatsächlich Chirurg und tat so, als schämte er sich dafür, Merel machte gute Geschäfte, nachdem die Surinamer kamen, doch über Geld wurde nie gesprochen, von keinem, Nigel führte die Schuldenliste, was bedeutete, daß er ständig Zahlenreihen gegeneinander verrechnen mußte. Jeder hatte ewig Schulden bei jedem. Alle paar Wochen sagte Nigel, beim nächstenmal müsse bezahlt werden, und das geschah dann auch.

3

Wie ist das eigentlich mit der Erinnerung von Toten? Ja, mir ist klar, daß ich darauf keine Antwort erwarten kann und somit auch nicht auf das, was ich eigentlich fragen wollte. Wie kommt es, hätte die Frage gelautet, daß das Leben in dem Maße, wie man älter wird, immer mehr einer Fiktion gleicht? Ich weiß nicht, was schlimmer ist, alt zu werden oder tot zu sein, aber du bist nie alt gewesen und ich noch nie tot. Ich denke, ich habe es hier so leer geräumt, damit meine Fiktion nicht anderen Fiktionen gleicht, aber das ist natürlich Unsinn, denn damit wird sie auch wieder nur zu einer Fiktion, wenn auch einer, der man nicht so oft begegnet. Du hast schon immer um diese Dinge gewußt. Du hast unheimlich viel gelesen, allerdings gereizt, als würde stets etwas dabei fehlen. Den Gedanken von der Fiktion habe ich von dir, du warst die erste, die es so nannte. Wir kamen aus dem Kino, ich glaube, ich war richtig erfüllt von dem Film, und da sagtest du auf einmal ganz verächtlich: Täuschend echt. Alles ist immer eine Kopie von etwas anderem, es lohnt sich kaum, zu leben, wenn ein anderer einen zweistündigen Film daraus machen kann oder ein Buch, das man in zwei Tagen gelesen hat. Jeder ist sein eigener Roman, und dann auch noch viel zu lang. Alles nur Imitation. Ich glaube, ich erschrak, jedenfalls wußte ich nichts zu entgegnen. Du sagtest noch etwas über eingedickte Zeit, und das empfand ich fast körperlich. Wir liefen vom Leidseplein in Richtung Vondelpark, und als wir dort den Splittweg entlanggingen, nahm dieses Bild seinen Wortsinn an, die Schritte, die im wirklichen Leben so lange dauern, wie ein Schritt nun einmal dauert, bekamen durch deine Bemerkung etwas Hassenswertes, als müßten sie zu einem Filmbild oder zu der Seite eines Buchs zusammengeschoben werden, die dann anderen Filmen gleichen würden oder anderen Büchern. Nigel, der fast nie etwas äußerte, das auch nur entfernt an Persönliches erinnerte, sagte einmal plötzlich mitten im Spiel, ohne erkennbaren Anlaß: Paula, du hast es zu eilig. Nigel, auch er verliebt in dich. Nigel, der ein Verhältnis mit Dodo hatte, die mit Gilles verheiratet war. Alles Romane. Du hast dir uns der Reihe nach vorgenommen, alle Filme ausprobiert. Vielleicht war Nigel der einzige, für den du wirklich etwas empfandest, ich weiß es nicht. Weil er so geheimnisvoll ist mit seinem weißen Gesicht, mehr hast du nie dazu gesagt. Der einzige also, den du jedenfalls nicht bekommen konntest. Mich hattest du sofort. Ich bin nicht geheimnisvoll, noch immer nicht. Von jenem ersten Abend an war ich überdeutlich, und diese Geschichte hattest du schon hundertmal gelesen. Beim einzigen Mal, als wir zusammen im Bett waren, hast du auf meine Deutlichkeit mit deiner geantwortet: Ich verstehe nicht, warum so ein Trara ums Bumsen gemacht wird. *C'est une geste rendue*, mehr nicht. Aber auch nicht weniger. Und hinterher sagtest du, na, du und ich sind also nicht füreinander geschaffen. Schau nicht so bedeppert, jetzt fängt es erst an. Das hätten wir schon mal erledigt. Einen besseren Freund habe ich nie gehabt. Das hast nicht du gesagt, das sage ich. Und trotzdem habe ich nie wirklich gewußt, was du von mir gehalten hast. Manchmal schien es durch die Art und Weise, wie du mich angesehen hast, als würdest du etwas verbergen. Drei Wochen Wüste im Niger, mit einem Jeep nach Tamanrasset. Du tauchtest mit den Tickets auf, nachdem du uns an einem unvergeßlichen Abend alle ausgeraubt hattest, Nigel kam kaum mit dem Aufschreiben nach. Du hattest eine Bank, gegen die keiner eine Chance hatte, die Schokolade schmolz nur so über den Tisch zu dir hin. Slof, Banco, Suivi, Chocolat. Für den undenkbaren Fall, daß du es nicht mehr weißt: Chocolat war der Gewinn, den man aus der Bank nehmen durfte, wenn nicht voll dagegengesetzt wurde. Banco, wenn man allein gegen die Bank spielen wollte, um den gesamten Einsatz. Suivi, wenn man das noch einmal tat, nachdem man schon verloren hatte. Diese Reise war unvergeßlich. Noch immer gehe ich jedes Jahr für eine Zeitlang in die Wüste. Wo das ist, spielt keine Rolle. Unterwegs schliefst du ein- oder zweimal mit jemandem, der dir gerade unterkam. Ich stelle dich nicht bloß, meintest du, ich sag, daß du mein Bruder bist. Dann muß ich ihnen noch die Kehle durchschneiden, sagte ich, man schenkt seine Schwester nicht an die erstbeste Karawane her. Aber wir hatten ausgemacht: keine Eifersucht, das war unser Gesetz.

Während dieser Abende schrieb ich an meiner eigenen Geschichte, allein in einem Zelt. Draußen Hunde, die die ganze Oase volljaulten. Mein einziger Stolz, daß sie keinen Geschichten glich, die ich kannte. Ob es für dich auch so war, weiß ich nicht. Du sagtest nichts dazu, schautest böse und gefräßig, als bekämst du nie genug.

Warst du unglücklich? Eine saublöde Frage, hättest du gesagt. Und dann auf einmal ein Arm, der sich um mich schlang. Mit keinem anderen, du konntest auch flüstern, mit keinem anderen würde ich so eine Reise machen wollen. Weder wollen noch können. Wenn du bumsen möchtest, mußt du es sagen, wir haben hier alles, Herz von Afrika, Palmen, Kamele, Sterne. Hau-hau.

4

Der Baron hieß so, weil er nicht adlig war. Sein Großvater stammte aus der Zeit der guten Absichten und hatte seinen Titel in die Mülltonne der Geschichte geworfen, eine eigene kleine französische Revolution ohne Guillotine. Der Enkel litt noch immer unter Phantomschmerzen. Er hatte zwar ein Familienwappen, aber nichts mehr vor seinem Namen, den er deshalb um so mehr kultivierte, denn den besaß er wenigstens noch. Weißt du alles. Tote haben keinen Alzheimer.

Du brauchst auch nicht zuzuhören. Ich rede trotzdem. Tu ich für mich selbst. Ich fülle den Raum. Sehnsucht habe ich nicht, aber sie waren mir lieb. Tico nannte mich Don Anselmo. Das hing mit einem Film zusammen, den wir mal gesehen hatten. *El Cochecito*. Tico und Merel. Er mit leicht indonesischem Einschlag, sehr gewählte Ausdrucksweise, ganz entfernt noch dieser Akzent. Vater bei der Königlich Niederländisch-Ostindischen Armee. Unteroffizier, aber trotzdem gewählte Ausdrucksweise. Koloniale Komplexe. Immer Angst, nicht für voll genommen zu werden. Wir kommen aus Madura, falls du weißt, wo das liegt. Bali, Lombok, Sumba, Sumbawa, Flores, Timor halb portugiesisch. Versteht keiner mehr. Tico war Nieges' Freund. Nieges weiß, wie man etwas auf alt trimmt, nicht wahr, Nieges? Eine Frage der Chemie. Man tut es eine Weile in die Erde mit einem Tropfen von diesem oder jenem, dann wird es von ganz allein alt. Tico hatte sein Studium nicht abgeschlossen, wußte aber genug, um Nieges zu helfen. Das war für mich das Eigenartige. Sie sahen sich tagsüber. Alexander famulierte in dem Krankenhaus, in dem das Wunderkind arbeitete. Merel ging mit Dodo und Ollie in etwas, das man jetzt Fitness-Studio nennt. Der Doktor brachte seine Tage in Schachcafés zu. Ich sah tagsüber keinen von ihnen, für mich gehörten sie zum Abend. Der Kreis, die Gesichter um mich herum, das gelbe Licht, der Rauch. Und du. Ich habe dich jetzt vor mir, das ist ganz einfach, auf den Polder kann man jedes Bild projizieren. Muß doch wieder daran denken, was du damals sagtest, die Zeit eindicken, weil dir alles zu langsam ging. Vielleicht war es nur so dahingesagt, und ich mache jetzt zuviel daraus. Trotzdem. Ich habe die Zeit, über diese Dinge nachzudenken. Den ersten Film von Antonioni, den ich je gesehen habe, sah ich mit dir. Antonioni und Bergman, auch beide tot. Es ist, als hätte ich danach nie mehr einen Film gesehen. Hat mich nicht mehr interessiert. Damals war alles links, man mußte mit allem möglichen solidarisch sein, sich in Listen eintragen, auf Demonstrationen mitlaufen, wenn man sich an der Erregung nicht beteiligte, war man ein Arschloch. Wir blieben weitgehend unbehelligt davon, aber es war überall um uns herum. Die Besetzung des Maagdenhuis, die Universität auf den Kopf gestellt, das Theater mußte ein anderes werden, Zuckerrohr ernten in Kuba, Demonstrationen für Kambodscha, alles ehrenwert und tapfer, Polizeiattacken, Aktionen, und wir auf unserer Insel mit Slof und Banco, ein Haufen angespülter Deserteure aus der wirklichen Welt. Von dieser ganzen Erregung war in den Filmen nichts zu merken, vielleicht berührten sie mich deshalb so. In ihnen ging es nicht um die Gesellschaft, sondern einfach um Menschen. Das Wort Individuum bekomme ich nicht über die Lippen, aber darum ging es. Menschen, allein. Jemand in einer Bahn, die durch eine leere Straße fährt. Um Einsamkeit inmitten dieses ganzen Wirbels. 1964, 1965, ich weiß nicht mehr. *Il deserto rosso*. Monica Vitti mit einem Mann vor einem Metallzaun, eine Art Fabrik, etwas Gigantisches, und davor diese beiden, klein, nichts, zwei winzige Gestalten, man glaubt nicht einmal, daß sie einen Namen haben. In dem Moment faßtest du nach meiner Hand und grubst deine Nägel hinein. Das ist es, sagtest du, überhaupt gar nichts sind wir, was bilden wir uns bloß ein. Wir werden abgeraspelt, hinausgekehrt. Unsere Geschichten sind sich alle gleich, sie bedeuten nichts. Ich habe diesen Film jetzt auf DVD, alle ihre Filme, die ich nur finden kann. Die sehe ich mir abends an, wenn ich hier sitze. Und jedesmal, wenn diese Szene kommt, spüre ich deine Hand. Antonioni dehnt ihn aus, diesen Augenblick, die Fläche, die Mauer, die Metallkonstruktion, macht sie kleiner und kleiner, unerträglich. An jenem Abend hast du dich nicht an den Tisch gesetzt, auch das weiß ich noch. Ich hatte eine Bank, die sehr gut lief, und plötzlich schaute ich auf. Du standst hinter dem Wunderkind, und dein Blick war seltsam intensiv, du nicktest mir zu, und auf einmal machtest du eine Handbewegung, die den ganzen Kreis einschloß, zwei rasche Bewegungen rund herum, und dann schoß deine Hand zur Seite, als würdest du uns alle aus dem Fenster werfen.

Danach gingst du.

5

Nicht viel später fand unsere große Eskapade statt, eine Idee des Barons. Er hatte einen Onkel in der Gegend von Rouen, der sollte etwas unterschreiben, oder er mußte dort etwas abgeben, etwas in der Art. Und ob wir bei der Gelegenheit nicht mal in ein echtes Kasino gehen wollten, Deauville? Nicht alle konnten. Das Wunderkind hatte Wochenenddienst, André durfte nicht, weil Ollie ihn nicht ließ, zu zehnt quetschten wir uns in zwei Autos, in meinen alten Renault 16 und in den Buckelvolvo des Barons. Rutsch mal ein Stück, Don Anselmo. Du saßest im Volvo, neben Nigel. Komisch, sie alle bei Tageslicht zu sehen. Der Doktor wirkte wie verschimmelt. Belgien, graues Licht. In Saint Omer sollten wir einen Stopp einlegen, weil Nigel sich dort ein Labyrinth ansehen wollte. Ich habe mich in Kirchen noch nie besonders wohl gefühlt, und in katholischen schon gar nicht. Nigel und du wart bereits da. Ihr standet mitten in dem Labyrinth, das wie ein geheimnisvolles Spiel rund um den Altar auf dem Boden lag, ich habe noch eine Karte davon. An den Bewegungen seiner Hand sah ich, daß er dem Weg zu folgen und den Ausgang zu finden versuchte.

Sein Gesicht war weiß wie immer, ich glaube wirklich, er kam nie an die frische Luft.

Ich war zu weit weg, als daß ich hätte hören können, was er sagte, aber er, der sonst so Schweigsame, redete in einem fort. Hast du Brotkrümel dabei, Paula, rief Tico. Es schallte durch die Kirche, er erschrak selbst. Ich sah, wie du versuchtest, den Gängen des Labyrinths nachzugehen, aber du fandest nicht heraus. Leute, es wird früh dunkel. Das war der Baron. Er hatte diesen Umweg nicht machen wollen, war jedoch überstimmt worden. Alle hatten Lust, mal ein echtes Labyrinth zu sehen. Warum das hier Picardie heiße, wollte Dodo wissen. Hier gibt's ja nichts Lustiges. Kein Schelm weit und breit. Es riecht hier noch immer nach Krieg.

Nach zwei Kriegen, sagte Gilles. Hier liegen Millionen.

Langsam schwand das Licht. Um die Bäume entlang der Straße waren weiße Bänder gemalt, die eines nach dem anderen aufleuchteten. Regen klatschte an die Scheiben, im Auto war es still geworden. Erst als wir am Kasino ankamen, wurden alle wach. Il barone: Leute, Krawatten umbinden. Jawohl, Monsieur.

Foyer, Teppiche, Kronleuchter. Pässe, sich registrieren lassen. Ich sah an unserer Reihe entlang. Chaotischer Haufen. Wie es heute ist, weiß ich nicht, damals jedenfalls hatten Kasinos noch etwas Einschüchterndes. Dort herrscht eine geweihte Atmosphäre von Zufall und Schicksal, Sucht und Strafe. Und von Glück aus heiterem Himmel, unverdient. Ich sprach es laut aus, und du, vor mir in der Reihe, drehtest dich um und sagtest: Manche Menschen sind von Geburt hübscher als andere. Unsere Namen wurden in große Bücher geschrieben. Ich denke immer, sie lassen mich nicht rein, sagte Tico. Auch vor dem Schalter mit den Jetons standen wir Schlange. Als hätten wir es abgesprochen, verzogen wir uns danach in verschiedene Ecken. Aberglaube, nicht wollen, daß ein anderer neben einem steht. Verlust darf keine Ursache haben. Nigel verschwand zum Pokern, das hätte ich mich dort nie getraut. Gilles und der Baron zum Bakkarat, das ähnelt noch am meisten unserem Slof. Die anderen suchten sich jeder einen eigenen Roulettetisch. Erst standest du noch kurz neben mir, schautest, wie die Einsätze lagen, und sagtest, wieder ein Labyrinth. Das war das letzte Mal, daß ich dich so nah bei mir hatte. Es war ein großer Saal, ich sah, daß wir uns wie eine Armeepatrouille verteilt hatten, die ein Kampfgebiet durchkämmen soll. Roulette habe ich, glaube ich, immer gespielt mit dem Ziel, zu verlieren, das war paradoxerweise die einzige Methode, um manchmal zu gewinnen. Nicht so an jenem Abend. Ich tat, was ich immer tat, eine popelige Kombination aus Abenteuer und Angst. Französische Franc, da sahen hundert gleich nach was aus. Oh, wo ist das alte Geld nur geblieben! Gulden, Mark, Lire. Ich spielte Plein und setzte hundert auf die 23 und dann noch einmal hundert auf Rot. Ich wußte, so würde ich weitermachen, bis ich die Geduld verlor. Die 23 würde nie kommen, und wenn jedesmal Schwarz kam (*kein einziger statistischer Grund, warum es das nicht tun sollte,* Nigel), würde ich den ganzen Scheiß, der mir noch geblieben war, komplett auf irgendeine beliebige Zahl setzen. Heute weiß ich, daß ich im Grunde verlieren wollte, ich wollte es hinter mich bringen. Habe ich immer schon gewollt. Erst danach konnte ich zuschauen. Fast niemand spielt zu seinem Vergnügen, es geht immer um etwas anderes. Das sieht man am sich bewegenden Unterkiefer, an den schiefen Blicken zur Seite, an der Art und Weise, wie jemand plötzlich aufsteht oder zuviel Trinkgeld gibt. Aber am interessantesten fand ich immer die Croupiers, die Zuteiler von Glück und Verhängnis, mit diesem gräßlichen Ton von Routine und metaphysischer Langeweile in der Stimme. Große Worte, Don Anselmo, aber trotzdem. Dann sag eben: massiver, alles korrodierender Langeweile. *Mesdames, Monsieurs, rien ne va plus.* Wirklich einer der schönsten Sätze, die man sich je ausgedacht hat. Darauf das hastige Setzen, doch noch jemand, der seinen Jeton auf der Transversalen von 1, 2 und 3 haben will, jemand, der halb auf der Null liegen möchte, dann das zweite, gnadenlose *rien!*, die bösartige Stille, bis die weiße Kugel auf die kreisende Scheibe fällt und hüpft, ein Geräusch, das sich mit nichts anderem vergleichen läßt. Zwei Arten von Spielern, solche, die schauen, und solche, die lauschen. *Cinq, rouge, impair et manque.* Was hattest du gesagt, an einem Abend bei Dodo? Du hattest die Bank, deine Hand auf den Karten, nichts geht mehr, meine Damen und Herren, was kommt, sind Krebs, Autounfall, Scheidung, Unglück, große Liebe, ein Diamant, so groß wie das Hilton. Niemand lachte. Wir waren clever genug, daran hatten wir alle längst selbst gedacht.

Nach einer halben Stunde war alles futsch, was ich bei mir hatte. Ich sah dich in der Ferne an einem Tisch sitzen, neben deinem Verhängnis, aber das wußten wir da noch nicht. Er prostete dir mit einem Glas Champagner zu, ihr stießt an. Du hattest immer und überall sofort Freunde. Ich ging nicht zu dir, sondern wanderte ziellos zu den anderen Tischen. Nigel, weiß wie Papier, wie immer. Dostojewski in Baden-Baden. Sogar er verlor. Gilles und der Baron waren bereits vom Bakkarattisch aufgestanden. Tico zog die beiden Taschen aus seiner Hose, hielt die Spitzen zwischen Daumen und Zeigefingern. Der Doktor vor einem Blatt, vollgekritzelt mit Zahlen, ein unschlagbares System, aber auch er hatte alles verloren. Nur Dodo und Merel spielten noch. Wenn alle verlieren, meinte Tico, haben wir gleich kein Geld mehr für Benzin. Sag das Merel, entgegneten wir. Daß sie aufhören soll. Jetzt hat sie noch Jetons. Aber Merel wollte nicht aufhören. Sie wollte noch ganz viel Zeit damit zubringen, zu verlieren.

Am Ende warst du die einzige, die gewann. Wir waren langsam zu dir hingeschlendert, ein verlorenes Grüppchen. Es war die Zeit vor den Kreditkarten, vor Geld aus dem Automaten. Hör auf, sagte der Baron. Das hätte er besser nicht tun sollen. Du sahst ihn an, wie nur du jemanden ansehen konntest, und nahmst einen Schluck von deinem Champagner. Wir schätzten den Stapel mit unseren Blicken. Mindestens zehn Mille. Paula, verdammt noch mal. Wir müssen noch essen. Der Mann neben dir gefiel uns nicht. Noch nie gesehen, jemand mit einer Tätowierung auf den Händen. Miniaturen. Am ehesten erinnerten sie an die Runen, die man Stieren einbrennt. Er sagte etwas zu dir, du lachtest. Als würdest du ihn schon seit Jahren kennen. Ein Akzent. Spanisch oder italienisch. Du winktest dem Croupier, beschriebst mit dem Finger einen kleinen Kreis um den vor dir liegenden Stapel und zeigtest auf die 23, meine Zahl, die gerade gekommen war. Er harkte deine Jetons zu sich heran, zählte sie rasend schnell, wie nur Croupiers das können (als würde er in Scheiße rühren, sagte der Schriftsteller später), wechselte sie in größere Jetons um und hielt einen in die Höhe, um zu sehen, ob sie es so gemeint hatte. Der Jeton war goldfarben. Jeder schaute jetzt. Du nicktest. Er schob ihn dir hin, und weil der Gesamtbetrag größer war als dieser eine goldene Jeton, wollte er auch die anderen, niedrigeren Jetons mit dieser obszönen, flinken Bewegung über den Tisch schieben, die leugnet, daß es Geld ist, was da liegt. Aber es ist Geld. Ich hörte, wie Tico leise fluchte, als du dem Croupier mit einer Kopfbewegung zu verstehen gabst, er könne es behalten. Zum Teufel, da verschwindet unser Abendessen, sagte er zwischen den Zähnen. *Pour les employés, merci madame.* Sind wir keine Angestellten? Ich frage mich immer, welches Verhältnis Croupiers zu Geld haben. Schließlich bekommen sie ihr Gehalt nicht in Jetons. Die meisten spielen nicht. Dafür haben sie zuviel gesehen. Der ganze Tisch blickte zu dir hin. *Faites vos jeux.* Die tätowierten Hände legten einen Stapel Jetons auf das Tuch. Genauer gesagt, auf die Transversale der 1, 2 und 3. Dann bedeckte er auch noch die Ecken und plazierte zum Schluß einen hohen Jeton auf der Null. Du hattest noch immer nichts getan. Mit dem goldenen Jeton in der Hand standest du da, und ich wußte, was du tun würdest.

Tico auch, denn ich hörte ihn unterdrückt winseln, nein, Paula, nein. Aber du hattest es bereits getan, mit einer langsamen, fast priesterlichen Gebärde. Die 23. Meine Zahl. Es kam die Null. Niemand sagte etwas. Tätowierung war der einzige, der auf die Null und die benachbarten Zahlen gesetzt hatte. Unter all dem, was er bekam, war natürlich auch dein Jeton. Tausend. Wenn die Kugel auf die 23 gefallen wäre, hättest du fünfunddreißigtausend bekommen. Der Croupier schob Tätowierung den ganzen Haufen zu, den er gewonnen hatte. Der fischte einen goldenen Jeton aus dem Überfluß und legte ihn vor dich hin. Du nahmst ihn, als wäre das normal, als wärt ihr schon seit Jahren zusammen. Ihr saht euch dabei nicht an. *Faites vos jeux.* Tico winselte wieder. Ein Hund, dessen Herr weggelaufen ist. Ich sah jetzt auch Nigel am Tisch stehen, und Merel.

Oft gesehen, früher. Es scheint dann, als liefe da etwas zwischen dem Croupier und der Spielerin, denn eigentlich geschieht es nur bei Frauen, ein Spiel mit den Augen. Dabei geht es um den Bruchteil einer Sekunde, einen Beschwörungsversuch, von dem jeder weiß, er ist sinnlos. Die Kraft der Hand, die den Zylinder mit den Zahlen zum Kreisen bringt, der Wurf der Kugel, die hüpft und springt und noch einmal springt, bis sie endlich stilliegt, gefangen in der kleinen Zelle der heiligen Zahl.

Die 23. Jetzt ging alles sehr schnell. Ich tue mich noch immer schwer mit der Tatsache, daß dies die letzten Sekunden waren, in denen wir dich sahen. Du schobst das Geld dem Mann neben dir hin, der es zurückschob. Einen Moment lang lag es da, fünfunddreißigtausend. Tico winselte, Nigel schaute quer über uns hinweg, Gilles zündete sich eine Zigarette an. Du nicktest dem Croupier zu, gabst ihm einen Jeton. Jetzt war es ein gerader Betrag. Du teiltest ihn in zwei. Der Mann war inzwischen aufgestanden und wartete. Du drehtest dich um, küßtest Tico, küßtest Merel, küßtest mich, kratztest mich mit dem Nagel am Hals, gabst die Hälfte deines Stapels Dodo und stecktest die andere Hälfte in die Tasche. Für schwierige Zeiten, sagtest du zu niemandem im besonderen und folgtest dem Mann aus dem Saal. Wirst du kaum erleben, sagte der Baron, als wir sie durch die Drehtür entschwinden sahen. Daß es ein Abschied war, wußten wir alle. Deinen Einsatz hattest du liegenlassen und auf mich gedeutet. Ich hätte die tausend an mich nehmen sollen, legte aber den Jeton auf Rot. Schwarz. Es gibt keine Geheimnisse.

Draußen regnete es noch immer. Jemand schlug vor, einen Strandspaziergang zu machen. Die Frauen wollten nicht, sie blieben in einem *tabac* am Boulevard, in der Nähe des Kasinos. Windstöße und dieses andere Geräusch, die Brandung. Eine Weile standen wir da und wurden naß. Dann sagte Tico, der Mann hat mir überhaupt nicht gefallen. Nigel entgegnete nichts, ich auch nicht.

Schon mal wach geworden in einem nordfranzösischen Badeort außerhalb der Saison? Hotel de Wasweißich, Kater, Blick aufs Meer. Möwen, noch immer Regen. *Petit déjeuner* mit Aprikosenmarmelade und diesen eingepackten Butterstückchen aus Holland? Ein halbes Jahr später der große Hotelbrand im Corona de Aragón, in Zaragoza. Fotos von Menschen, die in den obersten Stockwerken an den Fenstern winkten, als wäre es ein Fest. Neunundachtzig Tote. Fast nur Spanier, ein paar Deutsche, ein Kolumbianer und eine Niederländerin. Nur eine.

Paula II

Du hast mich gerufen, ich antworte. Ob du es hörst, weiß ich nicht. Hier wirkt eine Chemie, die ich nicht beherrsche. Vielleicht geht es über die Haut, über das Foto, das du ans Fenster gestellt hast. Du hast nicht laut gesprochen, und trotzdem habe ich deine Stimme erkannt. Das meine ich mit Chemie. Ich lerne hier viel. Zunächst einmal, daß keine der Vorstellungen zutrifft, die ich mir je vom Tod gemacht hatte. Das ist das erste, was wir hier lernen. Ich sage wir, aus alter Gewohnheit, aber außer mir ist niemand da. Hier müssen unendlich viele Tote sein, doch sie sind abwesend in ihrem eigenen Tod, genau wie ich in meinem. Ich bin kein Körper mehr. So habe ich es mir nie vorgestellt: daß da nichts sein würde, an dem ich mich festhalten kann. Keine Substanz. Kein Licht und kein Schatten. Keine Temperatur und keine Zeit. Im übrigen, hier? Es gibt kein Hier. Ich glaube nicht, daß ich es erklären kann. Es gibt nichts vor mir und nichts hinter mir. Ich lebe noch, aber um mich sind keine Gegebenheiten. Es hat lange gedauert, bis ich das verstand. Wie kann man von lange sprechen, wenn es keine Zeit gibt? Ich habe keine neue Sprache bekommen, ich muß mich behelfen. Ich kann mich nicht sehen, aber ich weiß, daß ich da bin. Ohne Körper. Um mich herum ist nichts. Auch kein Raum. Wenn ich sage, daß ich dich gehört habe, so stimmt das. Wenn ich sage, daß ich noch lebe, so stimmt das auch. Vielleicht sollte ich nicht versuchen, das zu erklären, sondern nur sagen, wie es ist, in Begriffen, die auf dich abgestimmt sind, die du als Begriffe verstehst, auch wenn du den Zustand nicht verstehst. Ich bin völlig allein, wie alle anderen Toten, die ich nicht sehe und nicht höre. Ich bin meine Erinnerungen, das immerhin, aber ich weiß nicht, wie lange ich sie festhalten kann. Erst danach bin ich wirklich tot, das meine ich, wenn ich sage, ich lebe noch. Ich bin zwar gestorben, aber ich bin nicht tot. Für mein Gefühl muß ich vorher etwas zu Ende bringen. Vielleicht stimmt es, daß wir noch eine Weile an den Orten umherirren, an denen wir einst waren, und deshalb noch etwas sagen können. Oder nur meinen, daß wir noch etwas sagen und jemand uns dann hört. Ich weiß es nicht. Manchmal merke ich, daß ich nach wie vor in Begriffen meines Körpers denke, allerdings in Form von Kummer, nein, Verlust. Phantomschmerz geht ein wenig zu weit, wenn der ganze Körper verschwunden ist, aber etwas in der Art muß es sein. Doch es gibt keine Geschichte, die das trifft. Ich weiß, daß mich im Gymnasium die Geschichte von Odysseus in der Unterwelt so bewegt hat. Wie er seine Mutter sieht, all die bleichen Schatten, die sich an ihn klammern. Also, so ist es nicht. Niemand besucht uns, soviel weiß ich schon. Wir müssen an einer Vergangenheit arbeiten, die uns langsam entgleitet. Zukunft gibt es für mich nicht, nur Vergangenheit. Vergangenheit, die nicht mehr zur Zeit gehört. Eine andere Kategorie. Du mußt ab jetzt davon ausgehen, daß alle meine Worte Versuche sind, Fälschungen, um weiter in deiner Sprache zu sprechen. Vielleicht sind wir ja eine gefährliche Gesellschaft. Es gibt Völker, bei denen der Name des Toten tabu ist. *Er* hat keinen Namen mehr. *Ihr* Name darf nie mehr genannt werden. In Japan bekommen die Toten nach ihrem Ableben einen anderen Namen, einen Totennamen. Vielleicht habe auch ich einen. Ich weiß es nicht. Ich habe keinen Platz mehr, kein Wo, kein Wann. Aber laß mich beim Augenblick meines Todes beginnen, wenn er sich auch sicherlich nicht so abgespielt hat, wie ihr denkt. Einen überirdischen Lichtschein gab es jedenfalls nicht, sondern einfach nur einen Hotelbrand und die entsprechende Panik. Ein Flammenmeer, Angst, dann Rauch. Ich habe nicht gelitten, falls du das wissen willst, ich war betäubt, habe mich hinausgeschlichen, aus dem Leben, damit hatte das Ganze noch die größte Ähnlichkeit. Buchstäblich ein Übergang, aber ohne Drama. Ich erinnere mich an Verwunderung. In der nächsten Sekunde war ich bereits hier. Sekunde, hier, lang, solche Wörter mußt du mir nachsehen, sonst kann ich gar nicht zu dir sprechen.

Eines mußt du wissen. Ich habe alles gehört, was du da in deinem Zimmer gedacht hast. Frag nicht, wie das möglich ist, wie aus Gedanken eine Stimme wird, es ist einfach so. Was zwischen uns war, hast du nie begriffen. Du hast die Lüge in Erinnerung behalten, die ich dir serviert habe. Frauen können gut lügen und Männer gut glauben. Wenn ich die Beziehung zu dir fortgesetzt hätte, dann hätte ich mich deiner essentiellen Abwesenheit ausliefern müssen. Hau. Aber das hat stets au bedeutet. Das, weswegen du allein in deinem Zimmer sitzt, hat es schon immer gegeben. Ich habe es sofort erkannt. Du bist nicht wesenhaft da für andere Menschen, etwas zwischen uns wäre eine totale Katastrophe geworden, die ich überlebt hätte, aber du nicht. Du mußtest leben, um nicht dazusein, oder du mußtest dasein, während du nicht da warst, solche Menschen gibt es. Wesenhaft meine ich wörtlich, ich habe Wörter immer geliebt. Wesen und Sein, das liegt ganz nah beieinander. Diese Reise durch die Sahara war einer der Höhepunkte meines Lebens, das kann ich jetzt ohne Übertreibung sagen. Dieses eine Mal, als wir miteinander schliefen, da mußte ich dich in dem Wahn lassen, es sei für mich ein flüchtiger Augenblick gewesen. Was hatte ich gleich noch mal gesagt? Etwas von einer *geste rendue*. Vergiß es, oder vergiß es lieber nicht, das sind die Strategien, wie man mit dem Unmöglichen umgeht. Die Glut nach innen war so barbarisch, im Vergleich dazu war das Sterben später nichts. Du hast nichts davon gemerkt, darin sind Männer Meister. Jetzt denkst du, ich übertreibe, aber ich habe nicht den geringsten Grund mehr, etwas zu übertreiben, nicht hier, wo ich bin, und bei dem, was ich gerade tue. Wo, ich kann mir diese Sprache noch nicht abgewöhnen. Der Nicht-Ort, an dem ich bin. So besser? Wenn ich mich nicht täusche, bin ich dabei, mein Leben abzuschließen. Merkwürdig, daß es nur auf diese Weise geht. Und dabei habe ich auch noch das Gefühl, ich müsse mich beeilen. Ich sehe keine Farben, täte ich es, würde ich wohl erkennen, wie sie langsam schwächer werden. Ich habe dich maßlos bewundert. So. Ich liebte den ganzen Haufen, Dodo vielleicht noch am meisten, aber eigentlich alle. Ungreifbare Menschen, keine Desperados, und trotzdem. Sie waren nur lose mit der Welt verbunden, mit ein wenig Anstrengung hielten sie sich, allerdings nicht aus Leidenschaft. Ich habe euch immer sehr genau beobachtet. Dein Zenkloster habe ich schon ewig kommen sehen. Verzeih mir, wenn ich das sage, aber als Lebender gleichst du vielleicht noch am meisten einem Toten, so als würdest du diesem Zustand vorgreifen. Alles weg, weiße Wände. Ich habe keine Augen, aber ich kann es sehen, ich hoffe, du erträgst dieses Paradox. Das Foto von mir kann ich ebenfalls sehen. Das ist nicht schmerzlich, weckt aber doch eine große Sehnsucht. Hau-hau, ich höre es auch, wenn du das denkst. Ich wußte, damals, daß ich dich damit bezaubern kann. Dich und Dodo. Ich hatte ein Verhältnis mit Dodo, das hat keiner von euch gewußt. Bei ihr konnte ich mich von all den Männern erholen. Ja, auch von dir, obwohl es bei dir anders war. Dich mußte ich gehen lassen. Ich habe gesagt, ich *glaube*, daß niemand von euch es gewußt hat, aber der Schriftsteller hatte wohl doch eine Ahnung. Der sah auch viel. Dich vor allem. Ich hatte immer Angst, er würde über dich schreiben. Er speicherte, oder wie sagt man das, er sammelte. Die ganzen Jahre über wartete er auf sein Buch, und währenddessen beobachtete er. Wenn man selbst jemand ist, der beobachtet, dann weiß man das. Als ich dieses Verhältnis mit Wintrop hatte, sah ich, wie der Schriftsteller alles mitverfolgte, es fehlte gerade noch, daß er es in unserem Beisein aufschrieb. Aber ich fand einmal eines der Notizbücher, die er immer dabeihatte. *P. gefräßig. I. W. und Don Anselmo ihre geborenen Opfer.* Niederländische Wörter in griechischen Buchstaben, ein kindischer Gymnasiastencode, aber zufällig konnte ich ihn entziffern. Im übrigen steht es in einem seiner Bücher: *Dieb statt Freund, Dieb statt Geliebter*, irgend so etwas, ein ganzes Programm. Er hing immer bei uns herum, wollte und mußte unbedingt auch mal mit mir ins Bett. Wintrop fand das nicht schlimm, der mußte immer über ihn lachen, weil er alles und jeden nachmachen konnte. Nicht einmal das Buch hat er ihm übelgenommen. Aus dem hat er mich zum Glück herausgelassen. Er sagte, du seist ein Mystiker. *Hüte dich vor ihm, er ist der König der Negation, das authentische schwarze Loch, wer damit zu tun hat, wird darin verschwinden.* Ich habe vorhin gesagt, daß ich dich gehen lassen mußte, aber war es wirklich so? Du wirst mir nie glauben, wenn ich sage, daß ich vielleicht Angst hatte. Bereue ich das jetzt? In einen Abgrund geblickt und mich nicht getraut zu haben? Zu feige, zu schwach? Als ich noch lebte, hatte ich mir vorgenommen, niemals etwas bereuen zu wollen. Jetzt bin ich mir nicht mehr so sicher, aber das liegt wohl daran, daß es zu spät ist. Zu spät, wieder so etwas. Während ich das sage, weiß ich, daß es Unsinn ist. Zu spät, bereuen, selbst du, der du noch lebst, benutzt diese Begriffe nicht mehr. Was ich suche, ist Erinnerung, aber was ich bekomme, ist Buchhaltung. So kann es nicht gemeint sein. Es hängt noch zuviel an mir, ich muß noch mehr loswerden. Streichen.

Luft, ich brauche Luft. Merkwürdig, ich kann mich nicht mehr konzentrieren. Ich verspreche, daß ich wiederkomme, aber jetzt ist es so, als würde ich langsam verlöschen. Ich bin schon fast nicht mehr da, habe aber noch so viel zu sagen. Ist das möglich, eine Tote, die so müde ist, daß sie glaubt, sie wird gleich sterben? Die sich auflöst, verblaßt, verschwindet?

Geist, auch das Wort hat mir immer so gut gefallen. Ist es das, was ich jetzt bin, ein Geist? Ein Schemen, ebenfalls so ein schönes Wort. Körperliche Liebe, Ekstase, das ist hier unaussprechlich. Ein Glas, das dadurch zerbricht, daß man es anschaut. Die Dinge, die ich nicht mehr weiß, die ich noch weiß. Dieses Lied von Strauss, das letzte, glaube ich, von den Letzten Liedern, die eine Zeile: *Ist dies etwa der Tod?* Um genau diese Frage geht es. Grenzgebiet, Niemandsland. Aber Strauss lebte noch, als er sie stellte: *Ist dies etwa der Tod?* Etwa, ein vager Ausdruck von unglaublicher Präzision. Ruhen. Ein Toter kann nicht ruhen, und so allein ich auch bin, ich muß noch alleiner werden. Hörst du meine Stimme noch? Siehst du mich noch, das Foto, den Polder? Was hast du gesagt, Regen drinnen, Regen draußen? Regen! Ich erinnere mich noch an den Moment, als das Foto aufgenommen wurde. Nacht mit Nigel, ja, der auch, selbst wenn du das nicht gedacht hättest. Nigel Algebra, dieser kalte Frosch. Aber trotzdem, Nacht. Rufen und Flüstern, Schweiß, Liebe, Schmerz, und danach zu Dodo flüchten, Balsam, gesunden. Und Alkohol, und Koks, und am nächsten Morgen der Fotograf, das Fenster, der Regen, das, worauf du jetzt noch blickst. Mit Liebe? Und ich mit Bestürzung. *Vogue.* Das war ich doch. Was für eine verrückte Verbform, war. Ich komme wieder, aber willst du sie wirklich hören, meine armseligen Geheimnisse?

All die Männer, sie wollen sich hineinarbeiten, als wollten sie andersherum geboren werden. Sie liegen auf einem, und alles, was so ein Körper ausdrückt, ist eine krampfhafte Form von Willen, Möse, Möse, sie müssen irgendwohin und werden immer wieder vertrieben, das ist es doch. Sie sind so verschieden, und sie sind so gleich, gräßlich, und nein, nicht gräßlich. Es scheint so viel, das Leben, und doch weiß man erst hinterher, wie fadenscheinig es ist. Spinnwebe. Aber auch wie heilig, ich meine, Gott nein, wenn jemand jemals so etwas gesagt hätte, ich hätte ihm sofort das Wort abgeschnitten. Hau-hau. Darauf ist doch alles ausgerichtet, das Sakrale abzuschneiden, oder? Das Sakrale, hear me. Na schön, versuch's doch mal selbst, tot zu sein. Wieviel Zeit, sorry, habe ich für diesen Abschied?

Schlafen. Du hast geschlafen. Das kann ich nicht mehr. Wie ich es statt dessen nennen soll, weiß ich nicht. Ich kann nur noch in schiefen Vergleichen sprechen. In manchen Hotels gibt es das, Lichter, die ganz langsam verlöschen. So ähnlich war es. Ohne zu warten, habe ich gewartet, bis sie wieder angingen, genauso langsam. Ich sah dich schlafen. Ich kann nichts dafür, du hast angefangen, du hast mich gerufen. Du schliefst ängstlich, unruhig. Das paßt nicht zu einem Zenkloster, mach dir da bloß nichts vor. Diese Angst kannte ich noch von früher, von den Nächten in der Wüste. Ich weiß noch, was du sagtest. Du wachtest immer um fünf auf. Eines Nachts krochst du hinaus. Als du lange wegbliebst, ging ich nach dir schauen. Es war sehr kalt, ich sah den Atem aus deinem Mund. Da waren ungeheuer viele Sterne, wie man sie bei uns nie erlebt, ein Meer anderer Welten, unendlich weit entfernt, Zeichen, Figuren, Schrift in dieser unglaublichen Stille. Nach einer Weile traute ich mich zu fragen, was los sei, und du sagtest, es gebe in jeder Nacht einen Moment, in dem du nicht mehr leben wolltest. Du hattest es ironisch sagen wollen, aber das gelang dir nicht. Du hattest Angst vor diesem Moment, weil du wußtest, er kam immer wieder. Ich hörte die Angst in deiner Stimme, mich täuschst du nicht. Damals nicht und auch jetzt nicht. Angst im Dunklen. Und dann sagtest du etwas, das ich nie vergessen habe. *Nachts kommen die Füchse.* Einmal, als du noch ein Kind warst, hatte deine Großmutter das zu dir gesagt, und du hattest es immer behalten. Ich auch. Wir standen da eine ganze Weile, ich wollte noch etwas sagen, wußte aber nicht, was. Füchse. Als du wieder schliefst, sah ich sie, hörte ich sie. Sie schnüffelten, bissen ins Zelttuch, Rascheln, Säuseln, leises Hecheln, Krallen an der Leinwand, Mäuler halb geöffnet, ich konnte ihre scharfen Zähne sehen, diese schlauen, spitzen Gesichter, ihr leichte Form wie ein Schatten gegen das Zelt. Ich hörte sie reden. Glaubst du mir? Wie viele es waren, weiß ich nicht. Danach habe ich sie nie mehr gesehen, aber mir war bewußt, du hattest sie immer bei dir. Wenn man das so hört, einer, der sagt, er wolle nicht mehr leben, dann weiß man hinterher nie, wer er wirklich ist – der Mann, der alle zum Lachen bringt, der Mann, der die unterschiedlichsten Tiere nachmachen kann, der Mann, der einen großen Kartenstapel wie ein Taschenspieler mischt, oder der Mann mit den Füchsen, der einmal am Tag nicht mehr leben will.

Ich blicke dich an. Niederländisch ist so schön. Von mir wußtet ihr eigentlich nicht viel. Ich sang in einem Chor, das wußtest nicht einmal du. Ja, Alt natürlich. Dunkle Stimmen, die sich in die hohe Gewalt der Soprane weben. Hohe Töne, ja, das ist Gewalt. Kette und Schuß. Mit dir als Sprachverliebtem muß ich darüber doch reden können? Niederländisch war meine Leidenschaft, vielleicht ist das das Schlimmste, Sprache, die verfliegt, wenn man selbst verschwindet. Kette, weißt du, was das bedeutet? Beim Weben geht es immer darum, davon ist immer die Rede. Immerfort, sagt das Große Wörterbuch der Niederländischen Sprache, das weiß ich noch. Immerfort, niemand achtet auf das Verschwinden von Wörtern. Ich habe für kurze Zeit Niederländisch studiert, auch das wußtet ihr nicht. Du kennst doch den Ausdruck: jemanden an die Kette legen? Dieses Gefühl hatte ich bei meiner Stimme, der dunkle

Klang, wenn die Soprane gebändigt werden mußten. Es ist nie andersherum. Das Gejubel muß in seine Schranken verwiesen werden. Das war ich. Die tieferen Töne sorgen dafür, daß die Ekstase nicht davonfliegt, nicht im Raum verlorengeht. Komposition, eine Methode, um Hysterie auszutreiben. Ordnung. Gott, was hättet ihr mich ausgelacht, wenn ich damals so etwas gesagt hätte. Aber jetzt kann ich es sagen, das ist der Vorteil der Scharfsinnigkeit – im Wortsinn. Meine Sinne sind geschärft, ein Geschenk des Todes. Ich weiß nicht, ob du meinen hochtrabenden Ton erträgst, ich kann nicht anders. Ihr habt meine Provinz nicht weiter beachtet, jeder hatte genug mit sich zu tun, mit seinem eigenen Bezirk. Oder vielleicht auch nicht. Warum kamt ihr jeden Abend zusammen? Eure Transzendenz war das Lachen, das das Heulen darunter verhüllen sollte, oder etwa nicht? Ich sah alles, das klingt arrogant, aber so ist es. Die Hälfte von euch hatte ich im Bett kennengelernt, Frösche und Pfauen, Beamte und Narren. Eines war euch allen gemeinsam, ihr wolltet das Schicksal herausfordern. Wenn man es schon nicht im wirklichen Leben tut, dann doch wenigstens vor dem Kartenschlitten oder am Spieltisch. Die ewige Gewißheit, daß man wirklich verlieren kann, daß dies die Wahrheit ist, die immer wieder vertuscht wird, weil man dann und wann, dieses eine Mal, gewinnt. Aber ich sah auch, wer falsch spielte. Die Neun unter der Manschette. Die rasche Handbewegung. Möchtest du es jetzt noch wissen? Aber du wußtest es längst. Das jüdische Wunderkind, mit seinen flinken Fingern. Eine Goldmünze, ein silberner Bleistift, jedesmal von seiner Freundin zurückgebracht? Das eine Mal, als wir den niederländischen Konsul oder so ähnlich am Tisch hatten, Freund von Wintrop. Nein, es macht mir nichts aus, daß ich verloren habe, nur dieser goldene Bleistift von meinem Vater, ich verstehe nicht, wo ich ihn gelassen habe. Am nächsten Tag hatte er ihn zurück. Die Freundin des Wunderkinds. Vierzigmal als Kind bei kalvinistischen Bauern versteckt gewesen, überall untragbar, trotzdem überlebt. Mußte stehlen, mußte falsch spielen, späte Rache, von allen mit dem Mantel der Liebe zugedeckt. Und wenn er die Bank hatte und schwer dagegengesetzt wurde, während er auf Chocolat hoffte, immer diese grämliche Frage: *Hast du eigentlich so viel, oder muß ich lange drauf warten?* Ja, ich hatte genug mit euch zu tun, aber niemand hat mich je gefragt, was ich tagsüber machte. Tagsüber mußte ich mich von euch erholen. Ärztin, Krankenschwester, Hure, Priesterin, Psychiaterin. Und gelegentlich ein Foto, wegen der Knete. Und mein Chor. Und ansonsten ihr, ihr und ihr. Das Wunder war, daß jeder es für sich behielt. Wer mich nach den anderen fragte, verschwand in meinem Hades, ansteckend, unberührbar. Das weißt du nicht, weil du mich nie gefragt hast. Gilles, der nicht wußte, daß ich mit Dodo schlief. André, der künftige Tote, der Ollie in jeder Gracht versenkt hätte, um in meiner Nähe sterben zu dürfen. Nigel, der ewige Rechner, in dessen Kopf jetzt vor lauter Alzheimer alles drunter und drüber geht. Tico, *amuseur général du peuple*, der einzige, mit dem man auch im Bett lachen konnte. Wie viele Männer kennst du, die ihren Steifen herausputzen wie eine islamische Braut? Eine Rolle Verbandsmull und ein bißchen Lippenstift, und Fatima tanzte durch die Hügel und Täler der Bettlaken. Wird das alles nicht unbeschreiblich dürftig, jetzt, wo es vorbei ist? Hätte ich mich für ein würdigeres Leben entscheiden sollen? NEIN. Etwas mehr in Richtung der Bachkantaten, die ich in der lutherischen Kirche am Spui sang und die sich keiner von euch je angehört hat? NEIN. Hätte ich mich in deinen Abgrund wagen sollen, um zuzusehen, wie du versuchst, mich kaputtzumachen? NEIN. Ich bin dir zuvorgekommen. Du wolltest einmal am Tag nicht mehr leben, ich bin jetzt deinen ganzen Tag lang tot, und du lebst. Das wäre dir mit mir nicht gelungen. Aber vielleicht täusche ich mich? Warst du meine Herausforderung? Nicht angenehm, das zu sagen. Ich habe heute den ganzen Tag –? Es gibt keinen Tag. Ich habe heute. Wahnsinn. Man würde meinen, als Toter hätte man mehr Macht. Müßte sich nicht mehr mit altem Brot, mit defekten Instrumenten, untergegangenen Begriffen behelfen. Meine

Lichter gehen wieder aus. Ich sage solchen Unsinn nur, um in deiner Nähe zu bleiben. Ich muß das hier beenden, aber ich komme nirgends an. Den ganzen, nicht existierenden Tag lang habe ich dir heute zugeschaut, so richtig? Deinem äußerst langsamen Leben. Wie du auf den Polder hinausblickst. *Purgatorio* hast du gelesen, aber ich konnte nicht sehen, was du dachtest. Danach hast du eine Stunde lang völlig still dagesessen. Du hast mein Foto aufgestellt. Ich sah dieses Foto und hatte Sehnsucht nach meinem Körper, wieder einmal. Ihr habt ihn alle gehabt, so daß es schien, als gehörte er nie mir. Ich will ihn nicht zurück, die Erinnerung ist für euch vielleicht schlimmer als für mich. Ich sah dir zu und fand dein Leben unerträglicher als mein fehlendes. Komm hierher, wollte ich sagen, aber ich weiß nicht, wo hier ist, und wo es auch sein mag, da ist sonst niemand. Das ist es also, niemand sonst. Du kommst auch irgendwann dahinter. Eines muß ich dir noch erzählen. Ich war betäubt, nicht verbrannt. In dieser kurzen Sekunde, nennen wir es eben so, konnte ich mir noch zusehen. Arturo, so hieß er. Arturo hatte, als er keine Luft mehr bekam, nach der Fernsehantenne gegriffen. Das gab es früher in Hotels, eine doppelte Nickelantenne, eine Art elektronisches Geweih. In seiner Atemnot hatte er sie so krampfhaft gepackt, daß er den Fernseher vom Tisch riß und mitsamt dem Apparat auf dem Boden landete. Weißt du, daß man sogar in einem solchen Augenblick registriert, wie aberwitzig das ist? Ein schwerer, starker Mann, der mit einem Fernseher in den Armen neben dir auf dem Boden liegt. Das ist das letzte, was ich gesehen habe. Danach begann das andere Sehen. Ich schlief, damit hatte es Ähnlichkeit. Großer Friede, du mußt mir das glauben, vielleicht hilft es, wenn es bei dir soweit ist. Aber mein Haar. Über mein Haar hatte ich nie besonders viel nachgedacht. Es muß das Flüchtigste an mir gewesen sein. Ich sah es genauer, als ich es je gesehen hatte, und plötzlich wurde ich von einer solchen Liebe zu mir erfaßt, als hätte ich nie zuvor die Zeit gehabt, mich mit derjenigen zu beschäftigen, die ich gewesen war. Ich hatte mich vermißt, die ganzen Jahre über, in diesem allerletzten Moment entdeckte ich mich. Was mir davon noch in Erinnerung ist, ist ein Gefühl wahnwitziger Liebe. Kannst du das verstehen? Plötzlich begriff ich, wer da tot war. Ich war diejenige, die da lag, das blöde Licht vom Fernseher war noch immer an und schien auf mein Haar. Es war kurzgeschnitten, wie auf dem Foto, aber es glänzte, es hatte einen seidigen Glanz. Ich hätte es gern gestreichelt.

Noch einmal, das letzte Mal. Als würde ich fortwehen und aus immer größerer Entfernung wieder zurückkehren. Du bist der einzige, der mich wirklich gerufen hat. Die anderen haben an mich gedacht, manchmal, aber niemand konnte mich finden, ihr Kummer, falls es das war, hatte zu wenig Energie, die Entfernung ist zu groß. Noch eins. Arturo, der fiel so weit aus eurem Rahmen. Und, da hast du's wieder. Nicht aus meinem. Er rührte mich. Als ich das Kasino verließ, war ich für euch schon zu einer anderen geworden. Alles war falsch an ihm, außer seiner Kraft. Ich sah es, als wir gingen, Dodos Entsetzen, Gilles' Ungläubigkeit, auch die des Barons. Die Begehrlichkeit des Schriftstellers. Eine Geschichte, eine Geschichte, der Roman eines Chamäleons. Nun, diese Geschichte ist gekommen, aber er wird sie nie schreiben. Während ich für euch innerhalb einer Sekunde zu einer anderen geworden war, blieb ich dieselbe. Vielleicht warst du der einzige, der das verstand. Früher einmal Fingernägel in deiner Hand, bei Antonioni. Damals ein Nagel an deinem Hals. Abschied, der wirkliche, der letzte. Du hast dein Fenster geöffnet. Windstoß. Das war ich. Rascheln, Flüstern. Das Geräusch von Füchsen, eine Nacht in der Wüste. Gedachte Füchse. Keine echten. Alles sehr flüchtig. Wie wir. Weg.

Der entfernteste Punkt

Das gehört sich nicht für Frauen, hatte mein Vater gesagt. Männer gehen zum entferntesten Punkt, Frauen nie. Aber ich wollte mich nicht fügen. Auf Inseln gibt es viele entfernteste Punkte, mehr als auf dem Festland. Mein liebster entferntester Punkt hier ist Punta Nati, vor allem bei schlechtem Wetter. Wenn die Tramontana die Bäume vor dem Haus tief hinunterduckt, weiß ich, ich muß los. Ich ziehe meine Regensachen an und gehe aus der Stadt. Sie ist nicht groß, man ist schon bald zwischen den Gebäuden im Industriegebiet. Dort sehe ich Männer mit Gabelstaplern, sie setzen Kisten und Kasten um, wenn die Fahrzeuge rückwärts rollen, geben sie in ständiger Wiederholung ein hohes, eintöniges Geräusch von sich. Es ist, als hätten sie Schmerzen, dürften das aber nicht sagen. Ich höre es noch, als ich auf die Schnellstraße komme, die nach Norden führt. Jetzt wird der Wind richtig stark, ich muß den Kopf gesenkt halten, als wäre ich eine Bedienstete. Er fegt mir durch die Haare, wollte ich ihm ins Gesicht sehen, wären meine Augen voller Tränen. Zu beiden Seiten der Straße stehen Mauern, errichtet aus den Steinen, die überall herumliegen. Der Rest der Insel ist grün, nur diese Ecke ist ausgetrocknet. Bäume wachsen hier nicht. Die wenigen Sträucher sind dürr und hart, der Wind hat ihre bizarren Formen südwärts getrieben. Für die paar Schafe, die zwischen den Felsen herumlaufen, ist fast nichts zu finden. Ich muß zwei Stunden gehen, das weiß ich, aber ich achte nie auf die Zeit. Warum willst du das bloß, hat mein Vater immer gefragt. Jetzt ist er tot. Ich hätte es ihm gern erzählt, aber ich konnte nicht. Erst wenn ich dort stehe, weiß ich es wieder, aber hinterher kann ich es trotzdem nicht sagen. Überall Stein. Gewitterwolken, zwischen ihnen Lichtflecke, dann leuchtet die steinige Landschaft in einer seltsamen Glut auf. Totes Gold. Um all diese Steine loszuwerden, haben die Bauern früher runde Gebilde daraus gebaut, die von keinerlei Nutzen sind. Ich stelle mir vor, daß Menschen darin wohnen, die anders sind als wir, aber ich weiß, daß das nicht stimmt. Nie ist jemand zu sehen, und die Äcker, die einmal da waren, wurden vor langer Zeit aufgegeben. Hier wollte nichts wachsen. Am Ende der Straße steht ein Leuchtturm mit ein paar Nebengebäuden. Der Turm ist nicht besetzt, die Gebäude sind unbewohnt, das Leuchtfeuer wird nach Sonnenuntergang von irgendwoher automatisch eingeschaltet. Früher gingen vor dieser Küste viele Schiffe unter. Ich kenne ihre Namen, wenn ich dort gehe, sage ich sie vor mir her, es klingt wie eine Litanei. Der Zugang zum Gelände um den Leuchtturm ist verboten, es ist von Mauern umgeben, aber ich weiß, wo ich durchkann. Als ich näher komme, höre ich das Geräusch des Meeres, Wut und Jauchzen zugleich. Ich komme, um zu tanzen, das konnte ich meinem Vater nie sagen. Der Wind tanzt mit mir, hält mich fest, zerrt an meinem Körper, grob, aber unwiderstehlich, ich lasse mich führen, muß aufpassen, daß er mich nicht zu Boden wirft. Die Felsen hier haben scharfe Kanten, manchmal schramme oder stoße ich mich daran, diese Wunden mußte ich früher immer verbergen. Vom Leuchtturm führte einst ein Weg zu der Bucht tief unten, wo das Meer tost. Er ist jetzt nur noch eine schwach erkennbare Spur, weil niemand mehr herkommt, kaum begehbar wegen der tückischen Steine. Es gibt nichts, woran ich mich festhalten kann, aber ich will bis zum Rand, ich will in diese ekstatische Wut hinein. Aufruhr, das ist es, Krieg, Gefahr. Große graue Flächen, die hochgehoben und gegen die Felsen geschmettert werden. Sie kommen mit einem Riesenschwung hoch und höhlen sich dann selbst aus, als wollten sie in die Luft fliegen. Viele Farben stecken in diesem Grau, mal ist es bläulich und falsch glänzend wie Petroleum, dann wieder schwarz und stumpf wie ein Leichengewand. Raserei, Schaum, der an die Felsen klatscht und für einen Moment senkrecht vor dem grauen Himmel zu stehen scheint, bis er wieder in sich zusammenbricht und im Schwarz verschwindet, das sich zurückzieht, um von neuem und noch wilder anzugreifen. Peitschenhiebe, das Geschrei von Riesen. Deswegen komme ich, wegen dieses Schreiens. Anfangs traue ich mich nicht. Aber ich weiß, daß niemand da ist, der mich sehen oder hören kann, und so fange ich an zurückzuschreien, zunächst verhalten, so daß ich mich selbst nicht höre, dann lauter und lauter, ich schreie gegen das Schreien an, kreische greller als hundert Möwen, schreie den Toten zu, die dort ertrunken sind, rufe sie, und sie rufen zurück, ich weiß, daß ich am liebsten in der Tiefe verschwinden würde, verloren in dieser wogenden Bewegung, und weiß gleichzeitig, daß es nicht möglich ist, daß das Tanzen vorbei ist, daß ich den langen Weg wieder zurückgehen muß, angetrieben von den Peitschenhieben des Winds, gegeißelt, weil ich wieder zu klein geblieben bin. Ich habe den Nordwind verloren, sagen wir, *he perdido la Tramontana.* Ich war glücklich, aber es gibt niemanden, dem ich davon erzählen kann. Ich muß warten, bis Sturm und Meer mich wieder zum entferntesten Punkt rufen. So ist es verabredet.

Inhalt